INHALT

DAS 1. KAPITEL

handelt von den Schwierigkeiten, einen neuen Tag zu beginnen, von Geschwisterliebe, von einem guten Tausch und einem ruhigen Vormittag.

Robi wachte auf. Punkt sechs Uhr. Wie jeden Tag. Im Zimmer über ihm wohnte nämlich der Mann mit dem lautsten Wecker der Welt. Der Mann mit dem lautsten Wecker der Welt stand jeden Morgen um sechs Uhr auf, und wenn sein Wecker ratschte, wurde Robi munter. Robi hätte noch eine Stunde schlafen können. Im Winter, wenn es dunkel war, schlief er meistens wieder ein. Aber jetzt – es war Anfang Juni, und die Sonne schien – gelang ihm das nicht.

Dabei war das eine völlig unnütze Stunde. Er durfte nicht aufstehen, denn seine Eltern und seine Schwester wollten noch schlafen. Robi dachte: Sonderbar, sehr sonderbar! Von dem Teufelswecker werden sie nicht munter. Aber wenn ich mir in aller Stille ein ordentliches Frühstück machen will, können sie nicht schlafen! Robi hätte sich gern einmal selbst ein gutes Frühstück zubereitet. So eines, wie es die Privatdetektive in den amerikanischen Kriminalromanen immer essen. Mit gebratenem Speck und Spiegeleiern und Orangensaft und Bohnenkaffee. Mit so einem Frühstück im Bauch kann man nämlich viel besser denken. Robis Mutter hätte das eigentlich wissen müssen, denn sie las an jedem Wochenende fünf Kriminalromane. Sie hätte erkennen müssen, daß nur ihr Honigbrot-Kakao-Frühstück an Robis mittelmäßigen Schulleistungen schuld war. Aber sie erkannte es natürlich nicht, und sooft es ihr Robi zu erklären versuchte, sagte sie:

„Ach was! Die Detektive duschen auch jeden Morgen eiskalt. Tust du das vielleicht? Dusch erst einmal kalt, dann kriegst du vielleicht ein Spiegelei von mir!"

Von Bohnenkaffee und Speck wollte sie überhaupt nichts wissen, weil sie fand, daß Bohnenkaffee schädlich sei, und von Gebratenem-Speck-Geruch am Morgen wurde ihr übel. Sie hatte einen zarten Magen.

Robi seufzte tief, drehte sich auf den Rücken und begann sich wieder einmal über die Holzlatten zu ärgern. Das war nämlich so: Wenn Robi am Morgen aufwachte und die Augen öffnete, sah er nur Holzlatten und dahinter ein bißchen Matratzengradl*. Denn er mußte im Unterteil eines Stockbettes schlafen. Im Oberteil des Stockbettes schlief seine Schwester Ena. Ena war fünf Jahre älter als Robi. Robi hielt sie für die selbstsüchtigste, habgierigste Person

* Erklärungen der österreichischen Ausdrücke siehe Anhang, Seite 136.

der Welt. Es war ein Jammer, daß er in eine Familie mit so einer Tochter geboren worden war. Ena gönnte ihm überhaupt nichts. Sie hatte den hübscheren Schreibtisch, den bequemeren Sessel, den breiteren Kasten und vor allem, sie hatte das Stockbettoberteil.

„Diese ewigen, blöden Holzlatten werden mich noch ganz verrückt machen!" jammerte Robi jeden Abend beim Zubettgehen.

Ena sagte dann meistens grinsend: „Liebster Bruder, das ist nicht mehr möglich!"

Darauf rief Robi: „Du blödes Pferd, du!"

Und Ena dann: „Du unerzogener Bengel!"

Und Robi: „Du solltest Maxiröcke tragen. Deine Beine sind für Miniröcke viel zu häßlich!"

(Es war Robi zwar völlig gleichgültig, was und wieviel davon unter den Röcken seiner Schwester hervorschaute, aber er wußte, daß er sie damit am meisten ärgern konnte.)

Ena schrie dann: „Ohrwaschelkönig!"

Damit ärgerte sie Robi am meisten. Robis Ohren waren ziemlich groß und standen vom Kopf ab. Ena hatte genau solche Ohren, aber sie konnte die ihren hinter langen blonden Haaren verstecken.

Jedesmal, wenn Ena über Robis Ohren zu spotten begann, kam es zwischen den Geschwistern zu den ersten Tätlichkeiten, und wenn die Mutter ins Zimmer stürzte und drohte, das Taschengeld nicht auszuzahlen, war schon der schönste Boxkampf im Gange. Die Mutter versuchte dann, die Kämpfenden zu trennen. Oft mußte sie den Vater zu Hilfe rufen; der mischte sich aber nicht mehr gern in den Streit seiner Kinder ein, seit ihm einmal ein von Ena nach Robi geschleuderter Zirkel an den Kopf gesaust war. Außerdem hätte er gern gewußt, ob seine große, kräftige Ena oder sein kleiner, geschickter Robi als Sieger aus den Geschwisterkämpfen hervorgehen würde. Doch die Mutter ließ das nicht zu. Sie hatte etwas gegen Geschwisterkämpfe.

Der Vater seufzte oft: „Die zwei Kinder vom Herrn Meierbauer, die streiten überhaupt nicht."

Und die Mutter sagte darauf: „Ach, hätten wir doch nur zwei liebe, süße, kleine Meierbauerkinder!"

Übrigens wußte jeder in der Familie Seifertiz, daß der Herr Meierbauer kinderlos war und nur zwei ewig bellende Dackel besaß.

Robi lag also wach und ärgerte sich über die Holzlatten und wartete, bis es sieben Uhr wurde. Punkt sieben lief er ins Badezimmer. Er drehte den Wasserhahn auf, schnitt dem Spiegel Gesichter, bekam versehentlich ein paar Wassertropfen ins Gesicht, erschrak darüber und drehte das Wasser sofort wieder ab. Da kam Robis Vater ins Badezimmer. Am Morgen war Robis Vater arm dran. Er war kein Morgenmensch. Er hätte seine komplette Briefmarkensammlung gegen zwei weitere Stunden Schlaf getauscht.

Man konnte ihm ansehen, wie er litt, daß ihm jede Bewegung schwerfiel, daß er Mühe hatte, die Augen offenzuhalten, und wie er das Gähnen unterdrückte. Robi dachte: Ausschauen tut der Herr Papa am Morgen wie das Gespenst von einem Gartenzwerg! Der Vater setzte sich auf den Rand der Badewanne und murmelte: „Guten Morgen, Herr Seifertiz!"

Dann rieb er sich die Augen und holte kleine graue Körner und gelbe, klebrige Wuzerln aus den Augenwinkeln. Während er gähnte und ein gelbes Wuzerl zwischen Daumen und Zeigefinger zerrieb, murmelte er: „Herr Seifertiz, du hast dich heute wieder einmal nicht gewaschen. Gewaschene Kinder glänzen rosig im Gesicht. Du aber hast ein fahlgelbes Gesicht."

Robi seufzte und holte die Wascherei nach. Rosig glänzend wurde er davon keineswegs. Beim Abtrocknen erklärte er dem Vater: „Die Ohren kann ich mir unmöglich waschen. Wenn ich mir die Ohren wasche, kriege ich todsicher bis zur großen Pause Ohrenstechen und kann in der Schule nichts hören!"

Dem Vater schien das seltsame Ohrenleiden unbedenklich. Er konnte sich erinnern, als Kind ähnliche Leiden gehabt zu haben.

Die Mutter rief zum Frühstück. Ena turnte im Vorzimmer und aß ihre Morgengesundheitskarotte. Sie hatte ihr winziges Kofferradio an einer Schnur um den Hals hängen. Aus dem Radio frohlockte eine unerhört heitere Damenstimme:

Und jetzt das rechte Bein,
und dann das linke Bein,
und wieder das rechte Bein,
und wieder das linke...

Ena befolgte die Anweisungen der Radiodame genau. Doch als Robi an ihr vorbei in die Küche lief, schwang ihr linkes Bein wesentlich weiter aus, als es die Radiodame wünschte, und traf Robis Hinterteil.
Beim Kaffeetrinken sagte der Vater zur Mutter: „Diese Gymnastiksendungen nehmen die Radiomenschen sicher am Abend auf Band auf. So heiter wie das Radiofräulein kann in der Früh' gar niemand sein." Dann fragte er: „Warum turnt unsere Tochter eigentlich?"
„Sie turnt sich die Oberschenkel dicker und die Unterschenkel dünner!" erklärte die Mutter.
„Kann man denn das?" wollte Robi wissen.
Die Mutter schüttelte den Kopf. Robi war beruhigt.
Jetzt war es halb acht. „Um halb", pflegte Robi zu seinen Freunden zu sagen, „um halb acht werden bei mir zu Hause alle verrückt." Das war zwar respektlos, stimmte aber. Ena suchte um diese Zeit meistens ihr Vokabelheft oder ihr Geo-Dreieck. Die Mutter war hinter einem ganz bestimmten Lippenstift her oder suchte den Lidschatten.
Meistens fanden sich der Lippenstift und der Lidschatten in Enas Handtasche.
Robi versuchte, statt eines Jausenbrotes fünf Schilling mitzubekommen. Aber das gelang ihm nicht. Die Mutter sagte:
„Nein. Wenn ich dir Geld gebe, dann kaufst du dir Kaugummi, und der ist kein ordentliches Gabelfrüh-

stück, weil du dauernd schluckst und er dir den Magen verklebt."

„Kaugummi kauft er gar nicht", bemerkte Ena höhnisch.

Robi betrachtete grimmig seine Schwester. Wenn sie wenigstens hübscher wäre, dachte er, dann würde sie vielleicht bald jemand wegheiraten.

Der Vater stand um diese Zeit an der Wohnungstür, ließ die Autoschlüssel ungeduldig um den Zeigefinger kreisen und rief immer wieder:

„Jetzt fahre ich aber wirklich. Wer mitfahren will, muß sofort kommen!"

Wenn sie dann alle im Auto saßen, waren sie immer wieder erstaunt, daß sie es geschafft hatten, rechtzeitig aus dem Haus zu kommen.

Bei der Realschule stieg Robi aus. Der Mutter mußte er noch versprechen, sofort nach der Schule zur Oma zu gehen, und zwar auf dem kürzesten Weg, und bei jeder Kreuzung zuerst nach links und dann nach rechts zu schauen und sein Käsebrot zu essen und brav zu sein. Robi sagte fünfmal „Ja, Mutti" und „Tschüß, Herr Seifertiz" und zeigte seiner Schwester die Zunge. Dann lief er zum Schultor. Dort wartete Tomi auf ihn. Tomi strahlte. In der Hand hielt er einen Stoß Kaugummi-Indianerbilder.

„Der Tausch meines Lebens", sagte er.

„Von wem?" fragte Robi.

„Von der Hauber Erika."

„Was hast du dafür gegeben?"

„Ein Paar alte Ohrclips von meiner Schwester!"

„Alle Achtung!" rief Robi. „Die Kaugummi-Indianer gehören todsicher dem Hauber Fritz, und die Ohr-

clips gehören deiner Schwester. Da hat ja eigentlich der Fritz mit deiner Schwester getauscht!"
„Nur wissen tun sie es nicht." Tomi grinste zufrieden.
„Dein Glück!"
„Sowieso!"
„Sowieso" war in der Klasse gerade hochmodern. Jeder sagte seit einer Woche mindestens zwanzigmal am Tag „sowieso". Bis vor einer Woche war „irre" hochmodern. Und die Woche vorher „eine Wucht". Aber das sagte jetzt nur noch der Safranek. Der war immer zwei Wochen hintennach.
In der Schule war heute ein ruhiger Tag. Keine Klassenarbeit. Keine Prüfung. Die Deutschprofessorin vergaß sogar, daß sie die Dichterdenkmäler hatte abfragen wollen. In der großen Pause vertauschte Robi sein Käsebrot gegen einen Kaugummi von Basti und ein Briochekipferl von Michl. Ein sogenannter Dreiertausch. Basti bekam das bebutterte Brot. Michl den Käse.
Als sie mittags aus dem Schulhaus gingen, verabredete sich Robi mit seinen Freunden Tomi, Basti, Michl und Martl für halb sechs beim Parkeingang. Martl wußte nicht, ob er kommen würde. Er hatte den ganzen Vormittag über Halsschmerzen gehabt.
„Ich glaube", erklärte er, „in spätestens einer Stunde werde ich krank sein."
Robi ging zur Oma. Auf dem kürzesten Weg. Bei

jeder Kreuzung schaute er zuerst nach links und dann nach rechts. In solchen Sachen konnte man sich auf ihn verlassen.
Martl ging in das Halbinternat. Halbkrank.
Tomi beschloß, ins Schwimmbad zu gehen. Auf ihn wartete zu Hause niemand. Seine Mutter und seine große Schwester kamen erst am Abend von der Arbeit.
Michl lief nach Hause zu seiner Mutter.
Basti begab sich in die Stadtbücherei. Er brauchte dringend ein Buch über die Mengenlehre.

IM 2. KAPITEL

gibt es Buchteln mit Vanillesoße und Rechenaufgabe, und Frau Bat kann mehr als ein gewöhnlicher Mensch. Ganz nebenbei wird eine folgenschwere Entscheidung getroffen.

Die Oma hatte Robi zum Mittagessen Buchteln mit Vanillesoße versprochen. Und was die Oma versprach, das hielt sie. Das ganze Stiegenhaus roch nach heißem Germteig. Für Robi gab es keinen besseren Geruch. Heißer Germteig roch für ihn besser als das teuerste Parfüm der Welt. Sooft seine Schwester vor der Tanzstunde das Kinderzimmer mit Maiglöckchenduft anfüllte, beschloß Robi, später einmal Parfümfabrikant zu werden und ordentliche Gerüche zu erzeugen. Germteigparfüm natürlich und Eau de Schweinsbraten und Himbeerkompottseife und Gulaschhaarwasser.

Robi aß einen Suppenteller voll Vanillesoße und vierzehn Buchteln. Eigentlich war er nach der zehnten Buchtel schon richtig satt. Die letzten vier aß er der Oma zuliebe; damit sie merkte, wie gut ihm ihre Buchteln schmeckten.

Die Oma konnte heute ganz besonders schlecht gehen. Ihr rechter Fuß war dick geschwollen. Die Oma sagte:
„Robi, beeil dich heute mit der Aufgabe! Ich will mit dir in den Tiergarten gehen. Sie haben dort einen neuen Königstiger und zwei junge Elefanten bekommen."
Robi konnte manchmal ein Held sein. Er schaute unauffällig auf den kranken Fuß der Oma, dann erklärte er entschieden:
„Also, mir ist heute gar nicht nach Tiergarten zumute. Ich bleib' lieber zu Hause, wenn es dir nichts ausmacht!"
Der Oma machte es natürlich nichts aus. Sie war froh, ihren kranken Fuß nicht durch den Tiergarten schleppen zu müssen. Robi setzte sich an seine Rechenaufgabe. Die Oma nahm ihr Strickzeug und setzte sich zu ihm. Sie hatte die fixe Idee, daß ihr Enkel richtiger rechnete und netter schrieb, wenn sie mit ihrer Strickerei neben ihm hockte.
Robi errechnete, wie lang die Borte sein muß, die Frau M. braucht, wenn sie Taschentücher im Format 43 cm mal 43 cm umsäumen will. Er machte fünf Staffelrechnungen und fand heraus, daß sein Vater 136 Nägel braucht, wenn er eine Kiste, die 30 cm hoch und 60 cm lang und 80 cm breit ist, in Abständen von 5 cm zusammennageln will. Die Oma war ihm dabei keine Hilfe. Bei den Taschentüchern wollte

sie in jeder Ecke unbedingt drei Zentimeter Borte dazurechnen. Sie sagte:
„Enkel, glaub mir. In die Ecken gehören Fältchen. Das schaut viel hübscher aus. Und außerdem hält dich jede Verkäuferin für verrückt, wenn du zehn Meter und zweiunddreißig Zentimeter Borte verlangst!"
Staffelrechnungen verstand die Oma überhaupt nicht. Sie erklärte, daß Robis Vater nicht 136 Nägel braucht, sondern 272.
„Enkel, ich kenne doch meinen Sohn! Er verbiegt jeden zweiten Nagel. Wirklich!"
„An dir hätte der Machacek seine helle Freude", seufzte Robi. (Der Machacek war der Mathematiklehrer.)
„Sowieso", sagte die Oma.
Trotzdem war er mit der Aufgabe bald fertig. Robi holte seinen alten Legobaukasten unter dem Bett der Oma hervor, sortierte die Steine und baute einen Atomreaktor. Die Oma betrachtete den Atomreaktor und meinte anerkennend:
„Beim Zeus! Das ist wahrhaftig eine schöne Kirche!"
Robi warf den Atomkirchenreaktor in die Legoschachtel zurück. „Blödes Babyspielzeug", murmelte er. Dann fragte er die Oma:
„Du, Oma, warum gehst du mit deinem kranken Fuß nicht zum Arzt?"
Die Oma lachte. „Ach, Robi, ich war doch schon so oft

beim Arzt. Aber weißt du, der Fuß hat gar keine besondere Krankheit. Der Fuß ist einfach zu alt. Die ganze Oma ist zu alt. Falls ich noch einmal auf die Welt komme, kriege ich mit sechzehn Jahren Kinder. Dann kann ich mit zweiunddreißig Jahren Enkel haben. Mit denen gehe ich dann in das Wellenbad und in den Tiergarten, und im Herbst besteigen wir das Matterhorn, und im Winter gehen wir Eislaufen. Fein wird das werden."

Robi riß die Oma aus ihrer Begeisterung. „Man lebt aber nur einmal!"

„Sowieso", seufzte die Oma.

„Laß dich verjüngen", schlug Robi vor, „so etwas gibt es wirklich. Mit Frischzellen aus Hormonen von Affen. Das hab' ich in der Zeitung gelesen!"

„Alles teurer Schwindel. Und nützen tut es gar nichts. Und außerdem kriegt man das sicher als Injektion, und du weißt doch, daß ich mich nicht gern stechen lasse!"

Und dann erklärte die Oma, daß ihr auch schon eine gewisse Frau Bat eine Verjüngungskur vorgeschlagen habe. Nicht mit Affenhormonfrischzelleninjektionen, sondern mit einer Maschine. Der Bruder der Frau Bat könne das angeblich.

„Was?" rief Robi. „Du kennst die alte Bat?"

„Also bitte", schimpfte die Oma, „sag nicht ‚alte Bat'! Die ist um drei Jahre jünger als ich."

Robi war aufgeregt.

„Wenn die alte Bat, die Frau Bat, meine ich, wenn die etwas zum Verjüngen weiß, dann mußt du das unbedingt machen. Die Frau Bat kann nämlich mehr als ein gewöhnlicher Mensch, die ist super!"
„Super?"

„Wieso ist Frau Bat supergroßkariert?“ fragte die Oma.
Robi erklärte: „Sooft wir der alten Bat, der Frau Bat, meine ich, begegnen, hat sie eine winzige Handtasche bei sich. Die ist nicht größer als ein Geldbörserl, und aus der kleinen Handtasche holt sie für jeden von uns, ganz gleich, wie viele Kinder wir gerade sind, eine Riesentafel Schokolade. Einmal hat sie aus dieser Geldbörserltasche mindestens fünf Kilo hochprima Himbeerschokolade geholt. Und einmal hat der Tomi gesagt, wie er von der Himbeerschokolade abgebissen hat, daß ihm eigentlich eine Knackwurst lieber wäre. Und wie er das gesagt hat, ist seine Himbeerschokolade schon eine Knackwurst gewesen. Sogar das Stück, das er im Mund gehabt hat!“
„Na ja. Schön und gut“, meinte die Oma, „daß die liebe Bat allerhand Erstaunliches kann, das weiß ich. Aber verjüngen tut ihr Bruder, und der soll ein sonderbarer Träumer sein.“
„Träumer!“ Robi war empört. „Was die Leute so alles Träumer nennen. Der Bruder von so einer Schwester ist sicher auch sehr super. Zum mindesten fragen könntest du ihn doch. Bitte, Oma!“
Die Oma betrachtete mit gerunzelter Stirn ihren alten, kranken Fuß.
Sie betastete die dick geschwollenen Knöchel. Sie bewegte vorsichtig die große Zehe hin und her und stöhnte dabei. Dann seufzte sie:

„Das ist ein glücklicher Zufall, lieber Enkel! Gott sei Dank!" Die Oma streichelte ihr gesundes Bein. „Es dürfte noch nicht gemerkt haben, wie alt es ist."
„Der Bruder von der Frau Bat könnte dir sicher helfen! Oma, gehen wir doch zu ihm."
Die Oma glaubte nicht an Herrn Bats Verjüngungsmaschine. Sie fand es sinnlos, Herrn Bat aufzusuchen. Doch Robi gab nicht nach. Er bettelte:
„Omi, Omalein, bitte! Er kann dir sicher helfen. Und

ich würde ihn so gern kennenlernen. Bitte, Omilein!"
Die Oma legte die Strickerei in die Schreibtischlade und holte den Zettel mit der Adresse von Herrn Bat aus dem Nähkorb. Sie erklärte:
„Gut! Fahren wir hin. Aber nur dir zuliebe."
Robi schob die Legoschachtel unter das Bett der Oma und telefonierte nach einem Taxi. Dann zählte er mit der Oma bis siebenundneunzig. So lange braucht ein Taxi vom Standplatz bis zur Haustür der Oma. Bei siebenundneunzig versperrten sie die Wohnungstür und verließen das Haus.
Vor der Haustür wartete bereits das Taxi. Sie hatten zu langsam gezählt. Robi riß die Autotür auf, verbeugte sich vor der Oma und sagte:
„Wenn Frau Fürstin einzusteigen geruhten?"
Die Oma geruhte und deutete auf den Platz neben sich. „Setz er sich ausnahmsweise hierher, Aloisius! Auf dem Kutschbock zieht es heute zu sehr!"
Robi gab dem Fahrer die Karte mit der Adresse von Herrn Bat. Der Fahrer fuhr wie ein Schnellzug drauflos. Bald waren sie auf der Landstraße.
„Aloisius", flüsterte die Oma, „dieser Bat wohnt ja auf dem Land! Das wird eine teure Fahrt!"
„Für fürstlicher Erlaucht Gesundheit ist nichts zu teuer." Robi grinste.
Die Oma war sichtlich empört.
„Sei er nicht so großzügig mit meinem Geld, Aloisius!"
Vor einem engen Weg hielt der Taxifahrer und sagte:

Da hinein kann ich nicht fahren. Fürstin werden schreiten müssen.
TAXI
TR 71

„Humpeln wird die Frau Seifertiz müssen", antwortete die gar nicht mehr fürstliche Oma. Das einzige, was noch fürstlich war, war der Fuhrlohn, den sie zahlen mußte.
Das Taxi kehrte um, und die Oma humpelte hinter Robi den schmalen Weg entlang. Zu beiden Seiten des Weges standen hohe Sträucher. Mit jedem Schritt wurden die Sträucher dichter und höher. Die Zweige zerkratzten ihnen die Beine und schlugen ihnen ins Gesicht. Bald standen sie in einem dunkelgrünen Dickicht, und von einem Weg war keine Spur zu sehen.
„Da wohnt bestimmt kein ehrenwerter Mensch", erklärte die Oma empört.
Robi war ratlos. Zögernd kämpfte er sich noch ein paar Schritte durch das Gestrüpp und stand plötzlich auf einer kleinen Wiese. Auf einer kleinen, hellgrünen, ganz quadratischen Wiese. An drei Seiten der Wiese wuchs dichtes, dunkelgrünes Buschwerk. An der vierten Seite erhob sich eine steile Felswand. In der Mitte der Felswand war eine Rolltreppe.
„Oma, Oma, komm sofort!" schrie Robi.
Die Oma tauchte keuchend aus dem dunkelgrünen Gestrüpp auf. Robi zeigte auf die Rolltreppe und stammelte:
„Gibt es denn so etwas? Ist denn das möglich?"
„Nein", sagte die Oma, „so etwas gibt es nicht. So etwas ist nicht möglich. Aber wir werden trotzdem hinauffahren."

Die Oma nahm Robi an der Hand und hinkte mit ihm über die Wiese zur Rolltreppe. Als sie sich auf die erste Treppenstufe stellten, ertönte aus einem Lautsprecher eine tiefe Stimme:
„Achtung, Achtung! Bitte festhalten! Die Treppe rollt heute besonders schnell!“
Die Treppe rollte nicht. Die Treppe sauste mit den beiden empor.
„Enkel“, stöhnte die Oma, „wenn du lebend von hier wegkommst, so grüß mir meinen Sohn schön. Er soll mir verzeihen. Mich trifft jetzt gleich der Schlag!“
Aber da hielten sie schon.
„Sind wir da?“ fragte Robi, der während der Höllenfahrt die Augen geschlossen hatte. Nun öffnete er sie vorsichtig wieder und sah, daß sie in einem sonderbaren Park standen. In dem Park waren viele große Bäume. An den Bäumen klebten Schilder mit Aufschriften wie:

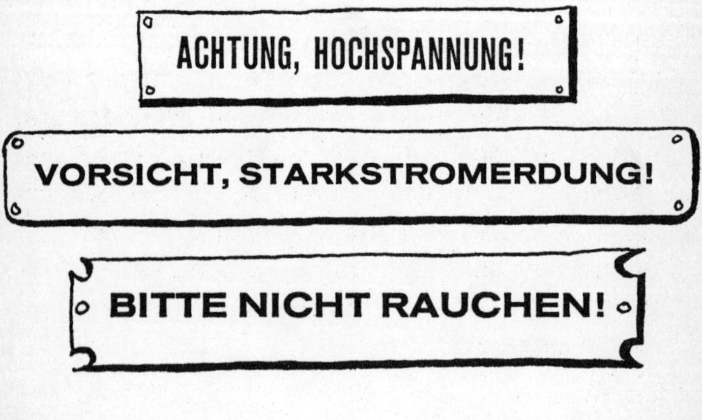

Von einem Drahtseil baumelte ein altmodisches Emailschild mit dem Text:

Ein wenig eingeschüchtert gingen die Oma und Robi unter den Drähten und Lichtern, den Schildern und Antennen, den Scheinwerfern und Kabeln weiter und kamen auf einen großen betonierten Platz. Über diesen Platz weg bewegte sich ein Mensch auf sie zu.
„Soll das Herr Bat sein?“ fragte die Oma.
„Wahrscheinlich ist er es“, flüsterte Robi.
Die Oma murmelte:

Heiliger Strohsack, steh mir bei!

DAS 3. KAPITEL

zeigt, daß Frau Bat nicht richtig verstanden hat. Die Oma will kein Puzzlespiel sein, aber uralten Eierlikör trinken. Robi schließt nur vorübergehend die Augen.

Die Oma und Robi starrten den Mann an, der auf sie zukam. „Meine Güte", murmelte die Oma fasziniert, „jetzt trifft mich doch noch der Schlag!"
„Der Opa ist enorm popig", kicherte Robi. Aber da war der Opa – es war tatsächlich Herr Bat – schon bei ihnen und verbeugte sich. Er wollte wissen, was ihm die Ehre des Besuches verschaffe.
Die Oma sagte: „Mein Name ist Seifertiz. Ihre Frau Schwester schickt mich zu ihnen." Herr Bat schaute erstaunt. Die Oma fuhr fort: „Mein rechter Fuß ist geschwollen, weil er zu alt ist. Ich bin viel zu alt!"
„Entschuldigen Sie", unterbrach sie Herr Bat. „Sie haben einen alten Fuß, und ich lasse Sie herumstehen."
Er holte ein zerknittertes Plastiksackerl aus seinem seidenen Wetterfleck und blies kräftig hinein. Nach dreimaligem Luftholen hatte er ein großes, durchsichtiges Sofa aufgeblasen.

Wenn Gnädige geruhen wollen...
Sehr liebenswürdig von ihnen.
Enorm popig!

Die Oma nahm Platz. Robi und Herr Bat setzten sich neben sie. „Ihre Frau Schwester sagte mir, Sie könnten mich verjüngen“, sagte sie.
„Was? Verjüngen? Ich? Immer der gleiche Ärger mit meiner Schwester! Alles bringt sie durcheinander!“
„Wenn ich mich recht erinnere“, erklärte die Oma, „sprach Ihre Schwester von einer Kiste, in die ich mich zu setzen hätte. Sie würden dann den Kistendeckel zumachen und mich etwas auflösen. Und dann würden Sie mich wieder zusammensetzen. So wie ich früher ausgeschaut habe. So wie vor zehn oder wie vor zwanzig Jahren. Ganz nach meinen Wünschen.“
Herr Bat war sichtlich schockiert.
„Meine Schwester ist die dümmste Fledermaus, die mir je untergekommen ist!“ Er musterte die Oma gründlich und sagte dann: „Sie scheinen aber etwas klüger zu sein. Ich werde Ihnen meine Erfindung erklären. Ich kann dematerialisieren. Verstehen Sie das? De-ma-te-ri-a-li-sie-ren!“
Die Oma und Robi nickten erschrocken.
„Was kann ich?“ fragte Herr Bat und tippte der Oma mit seinem behandschuhten Zeigefinger an die Brust.
Die Oma hatte ein fabelhaftes Wortgedächtnis. Obwohl sie nichts verstanden hatte, wiederholte sie brav: „Sie können de-ma-te-ri-a-li-sie-ren.“
„Tüchtig, tüchtig.“ Herr Bat freute sich. „Gnädige haben Verstand. Ich kann Sie also wirklich auflösen. Insofern hat meine Schwester recht. Natürlich nicht

in einer Kiste, sondern in einem Superapparat, der mich fünfzig Jahre meines Lebens und mein gesamtes ererbtes Vermögen gekostet hat."
Die Oma nickte ergriffen. „Sie haben Ihr ganzes Geld ausgegeben." Das verstand sie wirklich.
„Sehr gut", lobte Herr Bat. „Sie verstehen mich. Also, ich kann Sie mit Hilfe gewisser, von mir entdeckter Strahlen in meinem Superapparat auflösen und dann wieder zusammensetzen. Und zwar nicht in der Kiste, sondern dort, wo ich will. In China oder am Nordpol oder in Kritzendorf. Aber das ist noch nicht alles. Mein Superapparat ist eine Zeitmaschine. Ich kann Sie damit in jede beliebige Zeit schicken. Wollen Sie zur Krönung Napoleons oder zu Kaiser Nero oder in die Zukunft? Bitte sehr! Mister Bats Superzeitmaschine macht es möglich!"
Die Oma wehrte ab. „Ich bin doch kein Puzzlespiel!"
„Könnten Sie uns dann wieder zurückholen?" erkundigte sich Robi interessiert. Er war tief beeindruckt von Herrn Bats Erfindung.
„Natürlich kann das meine Superzeitmaschine. Nur verjüngen, das kann sie leider nicht. Wohin immer ich deine Frau Großmutter schicke, sie wird genauso alt sein wie jetzt, und ihr Fuß wird ihr genauso weh tun. Leider!"
Die Oma seufzte, erhob sich mühsam vom Sofa und entschuldigte sich bei Herrn Bat für die Störung. Von einem Ausflug in eine andere Zeit wollte sie nichts

wissen. Herr Bat schaute nachdenklich auf das kranke Bein der Oma und meinte zögernd:
„Ich hätte ein Zaubermittel. Einen Verjüngungstrank."
„Bitte, bringen Sie es uns", bat Robi. Die Oma nickte zustimmend.
Herr Bat ging drei Schritte nach rechts und stellte sich auf den grünen Kreis, der dort auf den Boden gemalt war. Der grüne Kreis versank mit Herrn Bat in die Erde.
„Bomben und Granaten", stöhnte die Oma, „der Mann ist wirklich super!"
Nach kurzer Zeit tauchte Herr Bat samt dem grünen Kreis wieder auf. In der Hand hielt er eine kleine Flasche.
„Liebe gnädige Frau", sagte er, „das ist ein Mittel aus dem Nachlaß meiner Urahne, der Isabella von Raubatmeier. Sie war eine Frau, meiner Schwester nicht unähnlich, nur viel gescheiter. Aber auch völlig unwissenschaftlich. Ich glaube zwar nicht, daß das Mittel viel hilft, aber es gibt mehr zwischen Himmel und Erde, wovon sich ..."
„... unsere Schulweisheit nichts träumen läßt", fuhr die Oma fort, ergriff die Flasche und steckte sie in ihre Handtasche.
„Nehmen Sie nur ein Löffelchen voll", riet Herr Bat, „ich will nicht an Sodbrennen oder Magengeschwüren die Schuld tragen."

Herr Bat begleitete die Oma und Robi bis an die Rolltreppe. Während die beiden zur Quadratwiese hinabsausten, winkte er. Robi winkte zurück und nahm sich fest vor, Herrn Bat wieder einmal zu besuchen.
Als Robi mit der Oma von dem schmalen Weg auf die Landstraße zurückkam, fragte er:
„Wie kommen wir denn jetzt in die Stadt zurück? Fährt da wo ein Autobus oder eine Eisenbahn?"
Die Oma erschrak. Daran hatte sie gar nicht gedacht. Sie beschlossen, die Landstraße entlangzugehen und nach einem Autobus Ausschau zu halten. Sie marschierten tüchtig und sangen, daß das Wandern des Müllers Lust sei. Die Oma war aber kein Müller, und Robi merkte, wie schwer ihr das Gehen fiel. Nirgendwo war eine Autobushaltestelle zu sehen. Als sie ungefähr eine halbe Stunde gegangen waren, blieb die Oma stehen und betrachtete ihren kranken Fuß. Dann ließ sie sich ächzend am Straßenrand nieder.
Robi hockte sich neben die Oma und fragte:
„Wirst du den Zaubertrank der Urahne nehmen?"
„Natürlich!"
Robi warnte: „Aber die Urahne war doch völlig unwissenschaftlich."
„Na und? Ißt du vielleicht die unwissenschaftliche Schokolade der Frau Bat nicht? Ich werde jetzt gleich ein Schlückchen von dem Mittelchen kosten. Vielleicht kann ich dann besser laufen."

Die Oma nahm die Flasche aus der Handtasche und versuchte, den Stoppel herauszuziehen.
„Heiliger Bimbam", stöhnte sie, „der Stoppel sitzt aber fest in der Flasche!"
„Bitte, Oma, überleg es dir noch. So ein uralter Saft kann doch gefährlich sein!"
Doch die Oma schüttelte grimmig entschlossen den Kopf. Jetzt hatte sie den Stoppel herausbekommen und roch an der Flasche. Sie sagte:
„Enkel, das riecht sehr ordentlich. Ich werde vorsichtig davon kosten, und wenn es nicht sehr grausig schmeckt, dann trinke ich ein kleines Schlückchen."
Sie hielt die Flasche an die Lippen. „Enkel, das schmeckt wie feinster Eierlikör", lobte sie, „das ist garantiert nicht verdorben." Und dann sagte sie noch: „Zum Wohl, lieber Enkel", und setzte die Flasche wieder an den Mund und trank. Sie trank nicht ein Schlückchen. Sie trank nicht zwei Schlückchen. Sie trank die ganze Flasche leer.
„Oma, hör doch auf!" schrie Robi entsetzt. „Oma, hör sofort zu trinken auf!"
Es war bereits zu spät. Die Oma gab keine Antwort mehr. Sie hatte die leere Flasche fallengelassen, den Mund weit aufgerissen und starrte geradeaus. Ihr ganzer Kröper zitterte und zuckte. Kleine blaue Blitze kamen aus ihren Ohren und aus ihren Nasenlöchern.
Es war fürchterlich anzuschauen. Und dann begann

die Oma zu schrumpfen. Sie wurde kleiner und immer kleiner.
Robi schrie: „Nein, nein, nein! Oma, das geht nicht!"
Die kleine Person, in die sich die Oma verwandelt hatte, fragte:

Da schloß Robi die Augen und steckte die Finger in die Ohren. So wollte er stehenbleiben, bis der Spuk vorüber war. Aber der Spuk ging nicht vorüber. Die kleine Oma stand neben ihm und zerrte an seinem Pullover und schrie:

So fest kann man die Finger nicht in die Ohren stekken, daß man ein Kleinmädchengeplärr nicht hört. Vielleicht tut ihr etwas weh, dachte Robi. Er nahm die Finger aus den Ohren und öffnete die Augen und fragte das kleine Mädchen:

„Weißt du, daß du meine Großmutter bist?"
Die kleine Oma nickte und sagte: „Fleilich, fleilich!"
Robi fragte weiter: „Wo wohnst du, Oma?"
„Bahnhofstlaße dleißig, abel ich blauche andele Kleidel."
„Oma, wieviel ist fünf mal sechs?"
„Dleißig, und mein Fuß tut nicht mehl weh!"
„Bitte, Oma", flehte Robi, „sag wenigstens einmal ordentlich: rrrrrr."
„llllll", machte die kleine Oma und lief vom Straßenrand weg auf die Wiese und begann Purzelbäume zu schlagen. Doch das große Kleid störte sie dabei. Sie erklärte, sie wolle keine Minute länger dieses „Liesengewand" anhaben, und zog sich splitternackt aus. Da lief Robi zu der kleinen Oma hin und packte sie und wickelte sie in ihren Unterrock und hob sie hoch und setzte sie auf seine Schultern und lief mit ihr auf der Landstraße der Stadt zu. Die Schuhe und die Strümpfe und die Handtasche und das Kleid und das Mieder der Oma ließ er einfach auf der Wiese liegen.

IM 4. KAPITEL

unterhält sich ein Herr Brunner sehr gut und muß dafür bezahlen. Ena hat nur Interesse für Kirschen, und ein Papiervogel hat Überzeugungskraft.

Die kleine Omi saß hocherfreut auf Robis Schultern. Robi keuchte unter der ungewohnten Last. Da blieb ein Auto neben ihnen stehen. Der Fahrer beugte sich zum Fenster hinaus und fragte, ob er die lieben kleinen Kinder ein Stück mitnehmen solle. Er fahre in die Stadt, sagte er.

Robi setzte sich neben den Fahrer. Die kleine Oma kletterte auf Robis Schoß. Der Mann – er stellte sich als Herr Brunner vor – erkundigte sich, wo das kleine Mäderl seine Kleider gelassen habe. Was sollte Robi nun sagen? Bevor er sich das noch überlegen konnte, erzählte Oma eine Lügengeschichte, daß Robi nur so staunte. Sie konnte zwar noch immer kein R sprechen, aber ansonsten war die Geschichte druckreif. Die Oma berichtete von Räubern im Walde, die ihr Kleid für die kleine Räuberprinzessin gestohlen hatten, und von armen Kindern, die ihre Unterwäsche als Win-

deln dringend benötigt hatten, und sie erzählte, daß sie ihre Schuhbänder zum Spulenstricken gebraucht hatte und daß sie dann über einen Sumpf gegangen war und ihre Schuhe, von keinen Bändern gehalten, im Sumpf versunken waren.
„Das ist eine sonderbare Geschichte", sagte Herr Brunner.
„Da haben sie lecht!"
Herr Brunner beugte sich zu Robi und meinte: „Deine Schwester ist eine große Schwindlerin."
„Ich bin nicht seine Schwestel. Ich bin seine Gloßmuttel!"
Herrn Brunner freute das alles sehr. Er lachte unentwegt. Die kleine Oma wurde langsam ärgerlich.
„Sie sind leicht zu untelhalten", schimpfte sie.
„Sei nicht frech", flüsterte Robi.
„Wieso flech? Ich weld' doch einem jungen Mann die Meinung sagen dülfen."
Auch das freute Herrn Brunner enorm. Dann sagte er genauso erfreut: „Deine Mutter wird dich sicher verhauen, wenn du ohne Kleider ankommst."
„Meine Muttel ist schon lange tot. Abel Sie lachen so gut übel mich. Kaufen Sie mil doch neue Kleidel!"
Robi wäre am liebsten aus dem fahrenden Auto gesprungen; so genierte er sich für die Oma. Er flüsterte: „Hör sofort zu betteln auf!"
„Walum denn? Ich blauch was zum Anziehen!"
Herr Brunner erklärte, daß die Kleine recht habe. Er

habe wirklich schon lange nicht so gut und viel gelacht, und er werde der Kleinen ein wunderschönes Kleid kaufen.
Als sie am Stadtrand durch eine Geschäftsstraße fuhren, hielt Herr Brunner vor einem Kindermodengeschäft. Robi weigerte sich, mit in das Geschäft zu gehen. Er blieb im Auto sitzen. Vor dem Kindermodengeschäft stand eine Verkäuferin. Herr Brunner, der die kleine Oma auf dem Arm trug, rief ihr zu:
„Schnell, schnell, wir bekommen ein rotes Kleid für unser Großmütterchen!"
„Und Sockeln und lote Schuhe!"
„Und eine Zopfmasche", lachte Herr Brunner.
„Und eine Untelhose blauche ich auch", frohlockte die Oma.
Robi wünschte sich zum ersten Mal in seinem Leben, daß er nie eine Großmutter gehabt hätte.
Herr Brunner kam bald zurück. An der Hand führte er eine stolze, kleine Oma. Er lachte:
„Das war ein Theater! Die Kleine hat den Laden auf den Kopf gestellt! Die Knopflöcher fand sie viel zu schlecht geendelt und den Kleidersaum zu wenig eingeschlagen! Ha, ha! Eure lieben Eltern tun mir aber leid!"
Die kleine Oma schwieg beleidigt. Fünf Minuten vor halb sechs hielt Herr Brunner vor dem Park.
„Besten Dank, mein Hell!" sagte die Oma.
Herr Brunner kicherte: „Besuch mich einmal zu Hau-

se, Mausi. Meine Frau lamentiert immer, daß sie Kinder haben will. Die muß dich kennenlernen! Dann wird sie sich das aus dem Kopf schlagen! Ha!"
Robi packte die Oma und zog sie aus dem Auto.
„Autsch", schrie die Oma, „geh doch ein bissel zaltel um mit einel alten Flau."
Dann lief sie neben Robi her und freute sich über ihre gesunden Beine und über ihr neues Kleid. An der Straßenkreuzung mußten sie warten. Die Oma hüpfte von einem Bein auf das andere und sang dabei:

„Bei lot bleib stehn,
bei glün dalfst gehn!
Die Oma will jetzt Splingschnul dlehn!"

Sie sang sehr laut. Die Leute, die mit ihnen auf grünes Licht warteten, lachten. Da entdeckte Robi, knapp zwei Schritte von ihnen entfernt, seine Schwester. Ena lehnte an einer Auslage und aß Kirschen aus einer Tüte. Jetzt hatte auch die Oma ihre Enkeltochter erblickt. Sie zog Robi zu Ena hin. Ena schaute höhnisch auf ihren Bruder und sagte:
„Eine tolle Puppe hast du dir da aufgegabelt, Bruderherz!"
Die kleine Oma ließ sich nicht beirren. „Ena, liebes Enalein, late einmal, wel ich bin!"
Ena spuckte einen Kirschenkern über die kleine Oma hinweg, schüttelte den Kopf und fragte ihren Bruder: „Wer ist denn der kleine Blödian, he?"

Ich bin deine Oma.
????
!!!!

Robis Herz stand tatsächlich für einen Augenblick still. Was würde Ena nun sagen? Was würde Ena nun tun?
Ena tippte sich noch einmal gegen die Stirn, spuckte noch einen Kirschenkern über den Kopf ihrer Großmutter und ging weiter.
Zuerst schaute die Oma traurig. Als sie aber von der anderen Straßenseite Tomi, Michl und Basti winken sah, wurde sie wieder vergnügt.
„Es ist glün, Lobi!" Sie zog Robi über die Straße.
Robis Freunde betrachteten erstaunt das kleine Mädchen, das ihr Freund an der Hand führte. Sie schienen über Robis Begleiterin nicht gerade erfreut zu sein.
„Wir wollten eigentlich zum Tennisplatz", sagte Basti, „aber mit der Kleinen wird das ja nicht gehen."
„Mußt du die Kleine wohinbringen?" erkundigte sich Tomi.
„Wer ist sie denn überhaupt?" wollte Michl wissen.
Robi konnte kaum sprechen. Jetzt, wo er seinen Freunden alles erklären wollte, merkte er erst, wie unglaubwürdig die ganze Geschichte war. Leise sagte er:
„Das ist meine Oma. Sie hat zuviel Verjüngungsmittel genommen!"
Die Freunde lachten.
„Sie ist wirklich meine Oma!" Robi kämpfte mit den aufsteigenden Tränen.

„Ich bin abel wilklich die Oma Seifeltiz!“
„Und ich bin der Froschkönig“, kicherte Tomi.
„Und ich der zweite Zwerg von Schneewittchen!“ lachte Basti.
„Ihl seid Tlottel“, fauchte die kleine Oma und schaute böse auf die lachenden Buben.
Tomi hockte sich zur Oma.
„Was bekommst du denn vom Robi dafür, daß du uns seine Oma vorspielst?“
Die Oma steckte ergrimmt die Zunge heraus und machte:

„Aber liebe Oma“, lachte Basti, „so benimmt man sich doch nicht!“
Michl wurde der Spaß langweilig. Er hatte nichts übrig für kleine Mädchen. Und für kleine Mädchen mit einem Sprachfehler erst recht nicht. Er holte einen Bubble-Gum aus seiner Hosentasche, wickelte ihn aus, studierte kurz die Comic-strip-Beilage, steckte den Bubble-Gum in den Mund, kaute ihn geschmeidig und war so sehr mit der Erzeugung einer Superblase beschäftigt, daß er nicht hörte, was die anderen sagten. Als die Blase zerplatzte und er sich wieder den anderen zuwandte, sah er Tomi und Basti entsetzt auf das kleine Mädchen schauen.
Das kleine Mädchen faltete den berühmten Seifertizschen Papiervogel. Diesen Vogel konnte wirklich nur die Oma Seifertiz falten. Das wußte jeder. Sie hatte es von einem Japaner gelernt. Der Vogel hatte einen eleganten, langen Schwanz, und wenn man an dem zog, so bewegte der Vogel die Flügel und den Schnabel. Und wenn man den Vogel in die Luft schoß, zog er drei Kreise und kam dann in schönem Schwung an den Ort zurück, von wo er abgeschossen worden war.
Jetzt war die kleine Oma mit dem Papiervogel fertig. Sie zog an seinem Schwanz. Der Vogel bewegte die Flügel und den Schnabel. Dann warf sie den Papiervogel hoch in die Luft. Er zog drei schöne Kreise und landete dann zu Füßen der Oma.

„Gut, dann gehe ich mil jetzt eine Splingschnul ausbolgen."
„Natürlich, bitte, tun Sie das nur", stammelte Tomi.
Michl säuberte sein Kinn von Kaugummiresten. Mit weitgeöffneten Augen starrte er den Papiervogel an.
„Ich fresse einen Besen", murmelte er dabei.
Die kleine Oma hüpfte der Sandkiste zu. Dort angekommen, verhandelte sie mit einem anderen kleinen Mädchen über dessen Springschnur. Als sie die Springschnur bekommen hatte, winkte sie ihrem Enkel und

den Freunden zu und verschwand dann hinter den Turngeräten.
Die Freunde setzten sich auf eine Parkbank.
„Erzähl", forderte Basti.
Robi erzählte, und die Freunde hörten zu. Sie unterbrachen ihn kein einziges Mal. Zum Schluß flüsterte Robi: „Und jetzt ist sie eben so klein."
„Sie schaut aber sehr lieb aus", sagte Tomi. Es klang nicht sehr überzeugend.
„Ich will aber meine Oma wiederhaben! Ich brauche meine Oma!"
„Quatsch! Ich habe auch keine Oma und lebe trotzdem", erklärte Basti völlig ungerührt.
Und Michl meinte: „Du, das wird Klasse. Jetzt wird ein toller Wirbel losgehen. Mit Reportern und mit dem Fernsehen. Eure ganze Familie wird berühmt werden. Die Oma ist ja jetzt ein Weltwunder. So etwas kann man enorm hoch verkaufen!"
„Meine Oma verkaufen? Bist du wahnsinnig?"
„Blödmann! Ich meine doch nicht die Oma selber, sondern die Geschichte von der Oma und ihrer Verjüngung. So eine Geschichte ist Millionen wert. Für so was zahlen sich die Verlage und die Zeitungen krumm. Deine Eltern können zu arbeiten aufhören, und ihr könnt hochprima von der Oma leben!"
„Kommt nicht in Frage!" rief Robi empört. „Meine Oma wird nicht hergezeigt. Sonst lachen alle so wie der ekelhafte Herr Brunner."

„Na, was willst du denn sonst mit ihr tun?" erkundigte sich Michl höhnisch. Er war gekränkt, weil seine Idee von der kaufmännischen Verwertung der Oma bei Robi keinen Anklang fand. Robi schaute ratlos. Ja, was sollte er denn nun wirklich mit der Oma machen?

Und dann fragten alle durcheinander: ob die kleine Oma weiterwachsen werde, ob sie nun in die Schule gehen müsse, ob sich der Herr Seifertiz über seine veränderte Mama freuen werde, wie man nun eigentlich das Alter der Oma angeben müsse, wo nun Robi nach der Schule bleiben werde, ob man die kleine Oma ohne Aufsicht lassen könne, ob die kleine Oma auch ganz gesund sei und bei der Verwandlung keinen Schaden erlitten habe.

Robi wußte auf keine einzige Frage eine Antwort. Basti erklärte entschieden:

„Sie kann nicht so bleiben. Sie muß wieder so werden, wie sie früher war!"

„Aber wie denn?" schluchzte Robi.

Basti dachte nach. Als er nachgedacht hatte, meinte er: „Vielleicht hat Herr Bat ein Gegenmittel. Ein Mittel, das die Verjüngung wieder rückgängig macht. Heute ist es schon zu spät. Aber morgen nach der Schule fahren wir zu ihm und fragen ihn um Rat. Bis dahin darf aber niemand, gar niemand erfahren, was mit der Oma passiert ist. Deine Eltern auch nicht, Robi. Die würden sofort einen Wirbel schlagen und

mit der Oma ins Spital rennen, und helfen könnten die Ärzte auch nicht, aber es gäbe eine Heidenaufregung, und wir hätten wirklich das ganze Theater, das Michl so schön beschrieben hat."
„Und was tue ich bis morgen mit meiner Oma?"
Basti dachte wieder nach. „Wir führen jetzt die Oma in ihre Wohnung und legen sie schlafen. Du hast doch einen Wohnungsschlüssel?"
Robi nickte.
„Und morgen? Wenn die Oma aufwacht? Und den ganzen Vormittag über? Die Oma, die geht doch glatt zu ihrer Nachbarin und erzählt ihr alles", sagte Robi.
„Das ist einfach!" rief Tomi. „Ich hole sie morgen vor der Schule ab und führe sie zu Martl. Martl ist krank. Aber nicht sehr. Er kann bis Mittag auf sie aufpassen."
Robi schüttelte traurig den Kopf und erklärte seinen Freunden, das habe alles keinen Sinn, weil er die Adresse von Herrn Bat nicht wisse.
„Ich habe ja nicht gewußt, was geschehen wird. Ich habe die Karte mit der Adresse von Herrn Bat nicht einmal angeschaut. Ich weiß nur, daß er außerhalb der Stadtgrenze wohnt, weil wir einmal an einem Schild vorbeigefahren sind, wo ‚Stadtende' darauf gestanden hat."
Nun schaute auch Basti ratlos.
„Die Adresse von Herrn Bat besorge ich", sagte Tomi. „Ich werde heute abend die alte Bat suchen gehen.

Sie muß in unserer Gegend wohnen. Die wird doch die Adresse von ihrem Bruder wissen. Meine Mutter kommt heute erst um Mitternacht. Bis dahin werde ich die alte Bat sicher gefunden haben."

Michl wollte nun das große Geheimnis um die kleine Oma feierlich beschwören, doch keiner der Freunde war dazu bereit.

„Michl, du Depp, mit dir ist es ein rechter Jammer", stöhnte Tomi, „Ideen hast du wie ein kleines Kind. Glaubst du, daß wir Indianer spielen? Es ist ernst! Es geht um die Oma Seifertiz! Kapier das endlich!"

Robi holte die Oma vom Spielplatz. Sie war sehr müde. Sie gähnte und rieb sich die Augen. Außerdem war sie ziemlich schmutzig. Tomi nahm die kleine Oma auf den Arm und fragte sie, ob sie sich getraue, heute nacht allein zu schlafen.

„Abel Tomi, ich schlafe doch immel allein!"

Die Oma gähnte noch einmal und schlief ein. Basti und Michl verabschiedeten sich und liefen nach Hause.

„Soll ich meine Oma tragen?" fragte Robi.

„Nein, ich trage sie gern. Sie ist nicht schwer."

Robi lief zum Haus der Oma. Tomi keuchte mit der kleinen Oma auf dem Arm hinter ihm her. Die kleine Oma war nämlich gar nicht so leicht, wie Tomi geglaubt hatte. Schwer wie ein Mehlsack hing sie in seinen Armen. Ihr Kopf lag auf Tomis Schulter, und ihre Haare kitzelten ihn an der Nase und kamen ihm in den Mund.

Uff!!!
Schnarch, schnarch

Die kleine Oma schlief fest und gut an Tomis Schulter. Sie wurde erst munter, als Tomi sie in ihr Bett legte und Robi ihr das viel zu große Nachthemd über den Kopf zog.

„Morgen um halb acht wird dich Tomi abholen", sagte Robi zu ihr.

„Ist lecht." Die Oma schlief wieder ein.

Tomi betrachtete die kleine schlafende Oma und meinte:

„Total verdreckt ist sie auch! Sollen wir sie noch waschen?"

Robi wollte die Oma nicht mehr waschen. Während Tomi in die Küche ging und dort Buchteln aß, schloß Robi alle Fenster und nahm den Telefonhörer ab und legte ihn neben das Telefon. Jetzt kann es nicht mehr läuten, dachte er.

Tomi steckte die letzte Buchtel in den Mund und murmelte: „Schon wegen ihrer Buchteln muß sie wieder so werden, wie sie war."

Die beiden Buben schlichen auf den Zehenspitzen aus der Wohnung und versperrten die Wohnungstür. Tomi steckte die Schlüssel ein und sagte:

„Lauf nach Hause, Robi! Es ist schon spät!"

IM 5. KAPITEL

wird berichtet, wie die vier Freunde den Abend dieses Tages verbrachten.

Michls Mutter empfing ihren Sohn vor der Haustür. Sie schaute kummervoll drein.
„Buuurschi, wo warst du denn so lange? Ich mache mir doch Sorgen um dich, Buuurschi."
Michl trottete ärgerlich neben ihr die Stiegen hoch und sagte: „Buuurschi!! Dieses ewige Buuurschi geht mir auf die Nerven! Sag doch nicht immer Buuurschi zu mir!"
„Ab heute werde ich Michael zu dir sagen! Ist dir das recht, Buuurschi?"
Michl seufzte und schwieg. Beim Nachtmahl erkundigte sich der Vater, wo Burschi so lange gewesen sei.
„Im Park. Mit Robi und seiner Oma."
„Wie geht es denn der Frau Seifertiz? Ist ihr Fuß schon besser?" fragte die Mutter.
„Sie hat sich verjüngt!" Michl konnte doch nie ein Geheimnis behalten.

„Eine Hormonkur?“ Die Mutter war erstaunt.
„Nein! Ein Zaubermittel! Sie ist jetzt wie eine Fünfjährige, aber wir . . .“
„Buuuuuuurschi!“ riefen die Eltern. Diesmal mit mindestens sieben u.
„Er ist verrückt geworden. Bei deiner Erziehung kein Wunder!“ sagte der Vater zur Mutter.
„Er ist nicht verrückt! Er hat viel Phantasie. Das ist ein Zeichen von großer Intelligenz“, entschuldigte die Mutter ihren Michl.
Da ging Michl auf das Clo und versperrte die Clotür und setzte sich dort auf den Boden und heulte vor Wut und Zorn, weil ihm nie jemand etwas glaubte, weil er das Geheimnis verraten hatte, weil die Eltern ihn Buuurschi nannten und weil die Mutter jetzt schon wieder an die Clotür klopfte und fragte, ob dem Buuurschi schlecht sei.
Michl verließ das Clo. Er ging in sein Zimmer und legte sich ins Bett. Er hatte sich gerade den Polster zurechtgeschüttelt und die Decke geradegezogen, da kam die Mutter mit dem Fiebermesser. Michl mußte sich auf den Rücken legen und das Thermometer unter die Achsel stecken. Die Mutter setzte sich neben das Bett und begann aus „Sandmanns Abenteuer im Mondgebirge“ vorzulesen. Das war ihr Lieblingsbuch.
Michl schloß die Augen und stellte sich vor, daß er ein Pilot sei und in seiner Sportmaschine nach Indien zu

einem Fakir fliege, um ein Gegenzaubermittel zu holen. Gerade als er in einen gefährlichen Wirbelsturm geriet, zog ihm die Mutter den Fiebermesser heraus.

Michl wartete mit geschlossenen Augen, bis die Mutter das Kinderzimmer verließ. Dann begab er sich wieder in den Wirbelsturm.

Bastis Mutter hatte fünf Damen zu Besuch. Frau Zuhei, die Bedienerin, stand in der Küche und steckte Oliven und Nüsse und Schinkenwürfel und Käsestückchen auf Zahnstocher. Die Zahnstocher steckte sie in Orangen, und die so gespickten Orangen, sie nannte sie Sputniks, legte sie auf einen gläsernen Teller. Den gläsernen Teller stellte sie auf einen silbernen Teller und den silbernen Teller auf ein Spitzendeckerl. Das ganze Arrangement hob sie dann auf ein Palisanderholzservierbrett. Sie schimpfte über die viele Arbeit.

Basti lehnte in der Küchentür und schaute ihr zu. Er grinste. „Warum schimpfst du denn, Zuhei? Tu es doch einfach nicht. Leg den Käse und den Schinken auf einen Teller und gib ein paar Messer dazu. Die Weiber werden sich doch noch ein Brot schmieren können!"

„Ha!" Frau Zuhei schnitt eine Grimasse. „Was glaubst du, was mir deine liebe Frau Mama dann erzählt? Ha!"

„Dann kündigst du eben! Basta!"

„Und dann geh' ich zu einer anderen feinen Dame und steck' dort die Zahnstocher in Orangen! Oder?"

„Mußt du denn überhaupt zu Damen gehen und putzen und wischen und bügeln und Zahnstocher in Orangen stecken?"

„Zum Spaß mach' ich das nicht."

„Du, Zuhei, hast du denn keinen Mann, der dir Geld gibt?"

Frau Zuhei stemmte die Arme in die Hüften, schaute mitleidig auf Basti und sagte:

„Lieber Basti! Mein Mann verdient im Monat soviel wie dein Vater an einem Tag. Und ich bekomme von deiner Mutter in einer Woche soviel, wie deine Frau Mama für einen neuen Haarschnitt ausgibt. Kapierst du das?“

Basti ging ins Badezimmer. Aus dem Salon hörte er seine Mutter rufen:

„Basti, Bastilein, du Schlingel, komm doch meinen Besuch begrüßen. Sei ein Kavalier!“

Basti dachte: Bitte schön, das kann sie haben, die werte Frau Mama! Er zog sich vor dem Spiegel einen Mittelscheitel, bürstete die Haare glatt nach beiden Seiten und setzte die Nickelbrille mit den runden Gläsern auf, mit der er gestern in der Schule so großen Erfolg gehabt hatte. Dann ging er in den Salon.

Dort saß sein guter Vater mit tiefbekümmertem Gesicht im Kreise von sechs schnatternden Damen. Basti ignorierte den entsetzten Blick seiner Mutter. Er machte vor jeder Dame einen Knicks. Dann verteilte er Komplimente. Die jüngste Dame fragte er, wie es ihren Enkeln gehe, einer erklärte er, daß sie prachtvoll zugenommen habe, einer anderen teilte er mit, daß ihre Perücke verrutscht sei. Er erkundigte sich auch, ob irgendein Kind der Damen heuer sitzenbleiben werde und ob der Mann der einen Dame wirklich in Konkurs gehen müsse.

Bastis Mutter rief: „Verschwinde!“

Basti blickte blöde durch seine Nickelbrille und sagte:

Die Mutter stand auf und drängte ihn zur Tür hinaus. Basti schaute zu seinem Vater hinüber und stellte fest, daß der gar nicht mehr bekümmert ausschaute. Basti schob die Nickelbrille auf die Nasenspitze und blinzelte seinem Vater zu. Der Vater schob seine Hornbrille ebenfalls auf die Nasenspitze und zwinkerte Basti zu. Aber ganz vorsichtig, daß es niemand bemerkte.

Der arme Mensch hat Angst, dachte Basti, während er im Vorzimmer an der Garderobe stand und die Manteltaschen der Damen mit Essiggurken anfüllte.

Tomi lief an diesem Abend von Haus zu Haus und fragte nach Frau Bat. Er fragte die Hausmeister und die Trafikanten. Die Milchfrauen und die Wirte. Er fragte den Salzstangerlmann und die Lumpenfrau. Niemand wußte die Adresse. Er fragte sogar den alten, pensionierten Oberlehrer Habersetzer. Der kannte wohl Frau Bat, aber nicht ihre Adresse, und fand außerdem, daß sie ein verderbliches Element sei, mit dem junge Menschen keinen Umgang pflegen sollten. Er warnte Tomi vor Frau Bat und schenkte ihm dann ein kleines, gummiertes Abziehbild, das den Zwerg Bumsti darstellte.
Tomi spuckte auf die Hinterseite des Bildes und klebte es dem kurzsichtigen Oberlehrer an den Bauernjanker.
Als Tomi niedergeschlagen nach Hause kam, war niemand da. Seine Schwester und seine Mutter hatten im Espresso Nachtdienst. Eigentlich waren beide Schneiderinnen. Aber im Espresso verdienten sie mehr Geld. Und das hatten sie dringend nötig, seit Tomis Vater ausgezogen war. Manchmal ging Tomi zu dem Espresso, in dem seine Mutter arbeitete, und schaute ihr durch die große Glasscheibe beim Servieren zu. Da trug seine Mutter eine kleine weiße Schürze und hatte Make-up im Gesicht und sah jung und freundlich aus. Wenn sie dann nach Hause kam, zog sie schon an der Wohnungstür die Schuhe aus, weil ihre Füße geschwollen waren. Und sie hatte Kopfweh, und

wenn Tomi eine Stunde lang kein Wort redete, so schenkte sie ihm zehn Schilling.
Aber heute hatte seine Mutter Nachtdienst, und er konnte sich nicht einmal mit Stillsein Geld verdienen.
Im Eiskasten fand Tomi sein Nachtmahl. Edamer Käse und Salami. So wie gestern. So wie vorgestern. Zur Abwechslung nahm Tomi eine dicke Schnitte Käse und belegte sie mit Brotwürfeln. Aus der Wurst rollte er kleine Kugeln. Es nützte nichts. Es schmeckte so wie gestern und so wie vorgestern.
Tomi stellte den Wecker auf halb sieben, legte den Schlafrock seiner Schwester auf seinen Kopfpolster, löschte das Licht und stieg ins Bett. Wenn sich Tomi sehr einsam fühlte, tat ihm der Schlafrock seiner Schwester gut. Er vergrub seine Nase in den weichen Perlonplüsch. Der roch nach Miss-Dior-Parfüm und nach Haarspray, nach Zigaretten und Make-up und nach seiner Schwester. Er roch rosa und veilchenblau und blond und war im Winter und im Sommer kühl. Nachdem Tomi kaum eine Minute an dem Schlafrock gerochen hatte, schlief er ein.

Als Robi nach Hause kam, kochte seine Familie gerade. Sein Vater saß über mehrere Kochbücher gebeugt, verglich die einzelnen Rezepte und gab Anleitungen. Ena erklärte der Mutter gerade:
„Vati meint, wir sollten Estragonsenf nehmen."
„Natürlich, natürlich, wenn das der gute Vater meint,

dann werde ich Estragonsenf nehmen“, sagte die Mutter und bestrich die Beefsteaks mit Kremsersenf. Dann sah sie Robi an und fragte:

Robi schüttelte den Kopf.
„Wenn du einen Fünfer bekommen hast“, meinte Ena, „so ärgere dich nicht! Ich habe heute in der Schule gleich drei bekommen!“
„Drei Fünfer?“ Die Mutter ließ die Senftube fallen.
„Jawohl“, verkündete Ena stolz, „in Latein, in Englisch und in Griechisch.“
„Inge, reib noch etwas Kren auf die Steaks“, rief der Vater, „aber mit dem neuen Reibeisen, dem rostfreien!“
Die familiäre Heiterkeit war also nicht einmal durch Enas drei Fünfer zu zügeln. Robi kam seine Familie reichlich kindisch vor. Später, beim Nachtmahl, fragte Robi seinen Vater:
„Kennst du die alte Bat?“
„Wer kennt die nicht!“
„Die verrückte Alte mit dem seidenen Wetterfleck?“ fragte Ena.
Robi forschte weiter: „Kennt ihr ihren Bruder?“
„Na klar!“ Der Vater grinste. „Das ist ein verrückter Kerl. Lebt der denn noch? Ich hab’ ihn schon mindestens seit dreißig Jahren nicht mehr gesehen. Früher hat er in einem Schrebergarten gewohnt und hat sich für ein Genie gehalten. Und zum Mond fliegen wollte er. Ein harmloser Irrer.“
Robi hörte nicht weiter zu, was sein Vater über harmlose Irre zu berichten wußte. Er ging schlafen. Ungewaschen, mit ungeputzten Zähnen, unfrisiert und

mit schmutzigen Fingernägeln lag Robi im Bett und versuchte, nicht an die Oma zu denken.
Er zählte Schafe: ein schwarzes, ein weißes, ein schwarzes ... Er zählte bis fünfhundert und wieder zurück. Es nutzte nichts. Er schlief nicht ein. Ena kam ins Kinderzimmer geschlichen und stieg über die Leiter in das Bettoberteil. Robi schlief noch immer nicht. Dann schlug die Turmuhr einmal. War es halb elf oder halb zwölf oder halb eins oder eins? Robi fiel ein, daß er vergessen hatte, das Gedicht vom Kind der Stadt auswendig zu lernen. Er versuchte, sich daran zu erinnern:
Ich bin ein Kind der Stadt, die Leute meinen ... meinen ... und spotten leichthin ... daß so ein Stadtkind ... Stadtkind keine Heimat hat. In meinem Spiele rauschten ... rauschten ... rau ...
Robi schlief. Er träumte. Er träumte, daß die kleine Oma über einen Parkweg lief und das Gedicht vom Kind der Stadt sang, und plötzlich kam Herr Bat aus den Büschen gesprungen und packte die Oma und blies sie auf. Bis sie zerplatzte.
Verschwitzt wachte Robi auf. Es war stockfinster im Zimmer. Anscheinend hatte er laut geschrien, denn Ena beugte sich vom Bettoberteil zu ihm und fragte:
„Kleiner, was ist denn, hast du Bauchweh oder Angst?"
Robi gab keine Antwort.
Dann hörte er Ena murmeln:

Jetzt wird das Scheusal auch noch nervenkrank.
???

IM 6. KAPITEL

verschläft die Familie Seifertiz. Tomi kommt doch noch in die Schule, und Michl interessiert sich für Fledermäuse.

Robi träumte weiter vom Park und von der Oma. Die Oma war groß und alt und so wie immer, und die Sonne schien, und die Oma machte: rrr, und das klang wie ein schönes Gedicht, und Robi wußte den ganzen Text vom Kind der Stadt.

Da rüttelte die Mutter ihn an der Schulter und rief: „Robi! Robi! Wach auf! Wir haben verschlafen!"

Ganz still sein! befahl sich Robi im Halbschlaf. Nur nicht aufwachen! Jetzt ist alles so, wie es sich gehört! Nicht munter werden! Weiterträumen!

Doch die Mutter blieb an Robis Bett und rüttelte und redete: „Wach doch auf! Du hast uns heute nicht geweckt! Es ist schon halb acht! Du kommst zu spät!"

Robi sprang aus dem Bett. Das übliche Morgenprogramm der Familie war völlig durcheinander. Ena aß keine Karotte und turnte nicht, der Vater stand, nur mit einer Unterhose bekleidet, in der Küche und

trank Kaffee und hatte die Autoschlüssel in der Hand. Niemand hielt Robi zum Waschen an. Außerdem bekam er statt eines Jausenbrotes fünf Schilling. Er wartete nicht auf die anderen, sondern lief zur Schule und keuchte die drei Stockwerke zu seinem Klassenzimmer hoch. Gleichzeitig mit der Frau Professor erreichte er die Klassentür. Er riß die Tür vor ihr auf, machte einen Diener und ließ sie eintreten.
Als sich Robi auf seinen Platz setzte, begann sein Herz wild zu schlagen. Der Platz neben ihm war leer. Tomis Platz. Wo war Tomi? Wo war die Oma? Ich muß zur Oma! dachte Robi. Ich stehe einfach auf und laufe hinaus.
Von hinten puffte ihn Michl: „Wo ist denn Tomi?“
Michl wußte also auch nichts von Tomi und der Oma. Robi schaute zu Basti hin. Basti zuckte ratlos mit den Schultern. Von hinten puffte wieder Michl:
„Was ist denn, Robi? Was tun wir denn jetzt? Wo ist denn Tomi?“
„Weiß ich doch nicht.“
„Seifertiz!“ Die Stimme der Frau Professor klang erregt. „Wenn du mit deinem Freund reden willst, dann komm gefälligst früher zur Schule. Jetzt wird gearbeitet!“
Und dann sollte Robi das Kind der Stadt aufsagen.
Er begann: „Ich bin ein Kind . . .“
Er dachte: Ich muß zur Oma . . .
Er sagte noch einmal:

Daß du ein Kind bist, wissen wir bereits.
Ich bin ein Kind...

Er dachte: Ich kann ja gar nicht in die Wohnung. Tomi hat die Schlüssel.
„Hättest du vielleicht die Güte, uns noch mehr mitzuteilen?“ sagte die Frau Professor.
Der Wondruschka lachte. Der Wondruschka lachte immer, wenn die Lehrer Witze machten. So alt konnte ein Lehrerwitz gar nicht sein, daß der Wondruschka nicht darüber lachte.
„Na, wird es bald soweit sein, Seifertiz?“ drängte die Frau Professor. Robi schwieg noch immer. Da stand Basti auf und erklärte:
„Bitte, Frau Professor, dem Robert ist sehr übel. Er hat sich den Magen verdorben. Er hat heute am Morgen erbrochen.“
Die Frau Professor betrachtete Robi teils argwöhnisch und teils sorgenvoll. Sie meinte:
„Na ja, du schaust wirklich etwas elend aus. Warum bist du denn nicht im Bett geblieben?“
Basti antwortete für Robi: „Bei ihm ist niemand zu Hause. Er wollte nicht allein bleiben!“
„Ach so, ach so“, murmelte die Frau Professor. „Na, dann setze dich wieder, mein Lieber.“
Robi sank auf seinen Sessel zurück. Verstohlen schaute er auf die Uhr. Halb neun, dachte er, jetzt kommt Tomi nicht mehr. Ich muß etwas unternehmen, dachte er. Warum sitze ich eigentlich noch hier herum? Basti hat mir doch alles so gut vorbereitet. Wenn ich jetzt aufstehe und der Frau Professor sage, daß mir noch

viel übler geworden ist, dann schickt sie mich nach Hause. Sie schaut mich sowieso die ganze Zeit über besorgt an.

In dem Augenblick, in dem Robi das Anwachsen seiner Übelkeit melden wollte, öffnete sich die Klassentür, und Tomi kam herein. Robi ließ erleichtert die erhobene Hand sinken.

Tomi sagte: „Bitte, ich . . ."

„Setze dich, Mühlbauer!" sagte die Frau Professor. „Warum du zu spät gekommen bist, das erkläre deinem Klassenvorstand!"

Dann nahm sie das Klassenbuch und trug ein:

Thomas Mühlbauer erscheint um 8 Uhr 39. Dahinter machte sie drei dicke Ausrufungszeichen, die dem Klassenvorstand den Grad ihrer Erregung deutlich machen sollten.

Tomi schlich zu seinem Platz.

„Was ist mit der Oma?" flüsterte Robi.

„Alles in Ordnung."

„Sagt mir auch etwas, he", zischte Michl aus der hinteren Bankreihe. „Ich will auch wissen, was los ist, he!"

Die Frau Professor knallte die „Welt im Wort 1. Teil" auf den Lehrertisch und erklärte, bei diesem Gezischel und Getuschel und Geflüster könne sie nicht weiter unterrichten. Wenn dem Seifertiz übel sei, so solle er nach Hause oder zum Teufel gehen, und wenn der Mühlbauer erst um acht Uhr neununddreißig komme, so brauche er überhaupt nicht zu kommen. Sie würde ihn gleich wieder wegschicken und den Michl dazu und alle anderen, die blöd zu grinsen wagten, hinterher. Und dann hob sie die arme „Welt im Wort 1. Teil“ noch einmal hoch und schleuderte sie wieder auf den Tisch. Während sich die Frau Professor auf diese Art immer mehr in ihre Wut hineinsteigerte, begannen rote Flecken ihr Gesicht und ihren Hals zu bedecken. Die roten Flecken stiegen langsam aus ihrem Kleiderausschnitt hoch und zogen über den Hals und das Kinn auf die Stirn zu. Zuerst sahen sie wie leichte Windpocken aus, dann wie starke Masern, und dann wirkte die Frau Professor wie ein rot-weißer Leopard. Die Buben kannten dieses Leopardenstadium der Frau Professor. Das Gezischel und Getuschel und Geflüster verstummte. Jeder blickte starr auf sein Pult. Keine Hand und kein Fuß bewegten sich. Kein Papier raschelte. Nach drei Minuten absoluter Totenstille hatte die Frau Professor ihr gewöhnliches Aussehen wiedererlangt. Die Flecken waren in den Kleiderausschnitt zurückgekrochen. Langsam und zaghaft kam Leben in die Klasse. Das Ärgste war abgewendet!

Es hätte nämlich geschehen können – man hatte es schon mehrmals erlebt –, daß die Verfärbung der Frau Professor noch weitere Ausmaße annahm. Bis sie wie ein Fliegenpilz aussah und dann zitternd und zuckend die Klasse verließ und im Laufschritt in die

Kanzlei lief und den Herrn Direktor schluchzend um Versetzung in eine Mädchenschule bat. Vor solchen Anfällen konnte man die Frau Professor nur durch vollkommene Ruhe bewahren.
Als sich die Frau Professor wieder wohl fühlte, stand Basti auf und sagte freiwillig das „Kind der Stadt" auf. Bei Strophe zwei, dort, wo es heißt: „. . . da schütterten die Pflastersteine", läutete die Pausenglocke.
Gleich hinter der Frau Professor verließen Tomi, Robi und Basti das Klassenzimmer. Michl kam ihnen nachgelaufen. Sie gingen zu einem Gangfenster und taten, als schauten sie in den Hof hinunter. Tomi seufzte:
„Jeder kennt die alte Bat. Aber keiner weiß, wo sie wohnt."
„Wo ist die Oma?" fragte Robi. „Ist sie bei Martl geblieben?"
Tomi grinste zufrieden. „Nein. Sie ist im Kindergarten."
„Was? Wo?"
Tomi berichtete: „Heute morgen war alles in Ordnung. Wie ich zur Oma komme, ist sie schon angezogen und frisiert, und wir gehen zum Martl. Aber der ist nicht ein bißchen krank, sondern der hat eine arge Angina und vierzig Fieber, und er ist nicht allein zu Hause, sondern irgendeine Großtante ist da und stopft ihn von vorne und hinten mit Pulver und

Zäpfchen voll. Der Großtante hätte ich die Oma nicht dalassen können. Was hätte ich denn machen sollen? So fragte ich die Oma, ob sie mit kleinen Kindern spielen will, und wie die Oma sagt, daß sie sehr gern will, sause ich mit ihr zu unserem alten Kindergarten. Die Kindergartentante dort, die mag mich noch von früher her, und der erzähle ich einen Schwindel. Daß die Kleine ein Besuch von uns ist und daß meine Mutter heute Frühdienst hat und so halt. Die Tante ist natürlich völlig harmlos, aber sie will nicht so recht. Sie sagt, sie darf das auch gar nicht. Ich mache mein bestes Arme-Leute-Gesicht, und die Oma macht auch eines. Da wird die Kindergartentante ganz milde und fragt die Oma nach ihrem Namen. Mir wird schon ganz übel. Ich denke mir: Gleich sagt sie Oma Seifertiz! Aber die Oma ist super. Sie sagt ‚Alice' und macht einen wunderschönen Knicks. Der Knicks hat die Kindergartentante so begeistert, daß sie versprochen hat, die Oma bis um ein Uhr zu hüten. Aber nicht länger. Wie ich zum Kindergartentürl hinaus bin, war es sowieso schon für die Schule zu spät. So bin ich noch nach der alten Bat fragen gegangen und habe auch schon eine kleine Spur entdeckt. Der Tiergustl, der Besitzer von der zoologischen Handlung, hat gesagt, spätestens morgen muß ihr das Fledermausfutter ausgehen, und wenn sie sich neues Fledermausfutter von ihm holen kommt, dann wird er sie nach ihrer Adresse fragen."

„Was für ein Futter?" fragte Michl erschrocken.
„Fledermausfutter."
„Die hat Fledermäuse?" Michl konnte sich kaum fassen.
„Ist doch egal, was die alte Bat für Viecher hat", sagte Basti ärgerlich, aber Michl gab nicht nach.
„Was fressen denn Fledermäuse?" wollte er wissen.
„Deine Sorgen möcht' ich haben, du Himbeerburli!" stöhnte Tomi.
Es läutete. Sie mußten in die Klasse zurück. Die nächste Stunde war Naturkunde. Michl erkundigte sich sofort beim Herrn Professor, was Fledermäuse fressen. Er erfuhr, daß sie Spinnen und Fliegen und Käfer am liebsten mögen.
„Bitte schön", fragte er weiter, „kann man Fledermäuse in einer Wohnung halten?"
„Ausgeschlossen!" erklärte der Herr Professor.
„Da seht ihr es!" flüsterte Michl nach vorne. „Fledermäuse kann man gar nicht in einer Wohnung halten. Die alte Bat kann also gar keine Fledermäuse haben! Der Herr Professor wird es doch wissen."
Tomi drehte sich um und betrachtete Michl. Dann zischte er leise und innig: „Himbeerburli, halt den Mund, sonst zerspringe ich."
Michl war beleidigt und schwieg. Der Herr Professor konnte ohne weitere Störung über das Gebiß der Löwen reden.
Robi brachte kein Interesse für Löwenzähne auf. Er

beobachtete den Sekundenzeiger seiner Armbanduhr. Wie langsam die Zeit vergeht, dachte er. Und wenn wir die Löwenzähne hinter uns haben, dann kommt noch eine Doppelstunde Singen und dann der Machacek mit der Mathematik. Wäre ich doch schon beim „Kind der Stadt" weggegangen!
Die Stimme des Naturkundeprofessors riß Robi aus seinen Gedanken:
„Seifertiz wird uns das jetzt aufzeichnen. An der Tafel!"
Robi erhob sich. Er ging durch die Bankreihen auf die Tafel zu. Dabei erkundigte er sich bei seinen Mitschülern:

„Das Gebiß des Löwen“, flüsterte ihm einer zu.
Robi trat zur Tafel, nahm ein Stück Kreide zur Hand und malte ein kleines Kugerl auf die Tafel. Darunter machte er einen Einser. Einen vorderen Schneidezahn wird so ein Löwe wohl haben, dachte Robi. Als der Herr Professor zufrieden nickte, setzte Robi neben das Einserkugerl noch ein Kugerl und schrieb eine Zwei darunter. Der Herr Professor nickte wieder. Nun wußte Robi aber wirklich nicht weiter, und der Herr Professor schien noch auf etliche Zähne zu warten. So kurz vor dem Zeugnis kann man aber keinen Professor warten lassen. Robi blieb nur ein Ausweg aus dieser unangenehmen Situation: Er spuckte ein wenig auf die Kreide und hielt sie dann so schräg, daß sie beim Kugerlzeichnen einen ganz abscheulichen Quietschton von sich gab. Der Naturkundeprofessor war ein sensibler Mann. Nachdem Robi zwei weitere Zahnkugerln auf die Tafel gequietscht hatte – noch unbeschriftet –, hielt sich der Professor die Ohren zu und jagte Robi auf seinen Platz zurück. Der Wondruschka hatte dann die Ehre, das Löwengebiß zu vervollständigen.
Robi vertiefte sich wieder in den Lauf seiner Armbanduhr.

IM 7. KAPITEL

entschließt sich die kleine Oma, mehr zu wissen als Milchfrauen und Oberlehrer. Frau Bat wohnt sonderbar. Bastis Plan aber ist noch viel sonderbarer.

Während Robi und seine Freunde im Musiksaal saßen und „Lützows wilde, verwegene Jagd“ sangen, versuchte die Oma im Kindergarten zu spielen.
Sie hatte sich das lustiger vorgestellt. In der Bauecke saßen schon drei Kinder, und ein viertes durfte nicht hinein. Die Puppenküche war auch besetzt. Spulenstricken wollte sie nicht. Der hübsche Bub, den sie anlachte, machte „bähhh.“ Schnurspringen durfte sie nicht. Singen durfte sie nicht. Ans offene Fenster gehen durfte sie nicht. Und als sie still und leise den Kindergarten verlassen wollte, wurde sie mit großem Geschrei zurückgeholt. Ein kleines Mädchen trat der Oma ganz absichtlich auf den Fuß. Die Oma gab dem Mädchen eine Ohrfeige. Aber das war erst recht verboten. Ab elf Uhr mußte sie deswegen zur Strafe in der Garderobe sitzen. Sie saß dort eine Stunde, dann wurde ihr das Sitzen langweilig, und sie suchte sich

eine Beschäftigung. Sie vertauschte alle Schuhe, die unter den Bänken standen. Außerdem kratzte sie die Abziehbilder mit den Kindergartenzeichen von den Kleiderhaken.
Sie ging zur Waschmuschel, drehte den Wasserhahn auf und hielt das Leitungsrohr mit dem Daumen zu. Sooft sie den Daumen wegzog, spritzte es wunderschön. Leider wurden die Mauern in der Garderobe ziemlich naß.
Als Tomi die Oma abholte, war die Kindergartentante gerade dabei, die Schäden in der Garderobe zu entdecken.
„Das ist ja nicht zu fassen! So ein böses Kind! So ein böses Kind habe ich noch nie erlebt! Pfui! Schäm dich!“
Die kleine Oma schüttelte den Kopf. „Bei Ihnen dalf man ja übelhaupt nichts tun. Bei Ihnen ist es sehl langweilig!“
„Also, das ist ja nicht zu fassen! Nicht zu fassen! Nie, nie mehr, Tomi, kommt mir dieses Kind ins Haus!“
Tomi nahm die Oma bei der Hand. Die Oma knickste vor der erregten Kindergartentante und sagte: „Nie im Leben hätte ich meinen Enkel zu Ihnen geschickt, hätte ich gewußt, wie unfleundlich Sie sind.“
„Deinen Enkel? Zu mir?“
Tomi zog die Oma aus der Garderobe und lief mit ihr aus dem Kindergarten. Die Kindergartentante stand stocksteif da und murmelte:

Ihren Enkel! Zu mir! Es ist nicht zu fassen!
So ein unartiges Mädchen!
Blödel Kindel-galten!

Die Kindergartentante seufzte und wollte gerade etwas Lehrreiches über unartige Kinder mitteilen, da bemerkte sie zu ihrem Entsetzen, daß ein kleiner Bub das Mädchenclo betreten wollte. Was strengstens verboten war. Sie lief zum Mädchenclo, packte den kleinen Buben und rief: „Pfui! Peter!“ Dann ließ sie sich erschöpft auf einen Sessel fallen und sagte zur Kindergarten-Aufwartefrau, die mit einer Schüssel Spinat durch die Garderobe ging:

„Da sieht man wieder, wie ansteckend schlechte Einflüsse sind. Jetzt geht der Peter schon auf das Mädchenclo!“

Die Aufwartefrau gab keine Antwort. Sie hatte nicht einmal gehört, was die Kindergartentante gesagt hatte. Sie blickte angestrengt auf die Spinatschüssel und dachte: Wenn ich zu Hause Spinat koche, ist er immer dunkelgrün. Der Kindergartenspinat ist aber grau. Dann dachte sie: Es ist zuviel Mehl drin. Und das sagte sie auch:

„Es ist zuviel Mehl drin!“

„Wo ist Mehl?“ fragte die Kindergartentante. „Auf dem Mädchenclo ist Mehl?“

„Was ist auf dem Mädchenclo?“ fragte die Aufwartefrau.

„Der Peter!“

„Ach so, der Peter“, murmelte die Aufwartefrau.

„Und wo ist das Mehl?“ erkundigte sich die Kindergartentante.

„Im Spinat natürlich!“ erklärte die Aufwartefrau.
„Dort soll es ja auch sein“, stellte die Kindergartentante fest.
„Aber nicht gleich ein ganzes Kilo“, brummte die Aufwartefrau und trug die Schüssel mit dem Spinat in den Speisesaal und rief: „Mhm, mhm, Kinderlein! Das gute Spinaterl kommt!“

Robi und Basti warteten vor der Kindergartentür. Tomi brauchte ihnen gar nichts zu erzählen. Sie hatten das Gejammer der Kindergartentante gut hören können.
„Dahinein geh’ ich nimmel!“ schimpfte die kleine Oma.
„Nein, nein, nie mehr“, beruhigte sie Robi.
Die kleine Oma stemmte die Hände in die Hüften und fragte die Buben:
„Walum soll denn eigentlich niemand wissen, wel ich bin?“
„Schau, Oma, schauen Sie“, begann Basti, „die Menschen, die haben so wenig Phantasie. Die würden das wahrscheinlich gar nicht glauben.“
„Und dann“, Tomi strich der Oma über das Haar, während er weitersprach, „und dann, wie soll es denn jetzt weitergehen? In den Kindergarten wollen Sie nicht mehr. Wollen Sie in die Schule gehen?“
Die Oma schüttelte energisch den Kopf. „Schule mag ich übelhaupt gal nicht!“

Tomi lachte: „Täten wir auch lieber als in die Schule gehen. Aber das erlaubt uns keiner."
„Wel soll mil was velbieten können! Ich bin siebzig Jahle alt!"

„Eben leider nicht, Oma“, erklärte Robi, „du bist jetzt höchstens sechs Jahre alt!“
Die kleine Oma schaute ratlos.
„Robi, sag’ ihr doch, was wir vorhaben“, drängte Tomi.
Robi wollte zu sprechen beginnen, doch die kleine Oma lief von ihnen weg zu einem Schaufenster, in dem Puppen lagen, und drückte ihr kleines Gesicht an die Glasscheibe. Die drei Buben glaubten, die kleine Oma bewundere die Puppen.
Tomi sagte: „Der Oma Seifertiz kann man das nicht erklären. Die will einfach nicht. Sie schaut sich Puppen an. Alles andere ist ihr egal!“
Aber die kleine Oma schaute sich gar nicht die Puppen an. Die kleine Oma sah überhaupt nichts. Die kleine Oma weinte.
Basti meinte, sie dürften jetzt nicht länger herumstehen, sie müßten in der nächsten Stunde die Adresse der alten Bat finden, sonst würde es zu spät für die Fahrt zu Herrn Bat.
„Und wenn der Herr Bat kein Gegenmittel weiß, was tun wir dann?“ fragte Robi.
„Dann habe ich noch eine Idee, aber von der will ich noch nichts sagen“, erklärte Basti.
Die drei Buben hatten nicht bemerkt, daß die Oma wieder neben ihnen stand. Die kleine Oma verlangte von Robi ein Taschentuch. Sie bekam Bastis Taschentuch und schneuzte sich lange und kräftig.

„Hast du uns zugehört?“ fragte Robi.
Die kleine Oma nickte.
„Ich habe alles gehölt!“
„Oma“, flehte Robi, „du darfst nicht glauben, daß ich dich, so wie du jetzt bist, nicht mag. Mir wäre es gleich, wie alt du bist. Ehrenwort!“
Die kleine Oma lächelte Robi an. Ein paar Tränen liefen über ihre Wangen. Sie nahm einen Taschentuchzipfel und wischte die Tränen weg. Dann sagte sie entschlossen:
„Die Flau Bat wohnt in del Geblelgasse.“
„Gott sei Dank“, seufzte Tomi, „ich wußte ja, sie wird es einsehen.“
Die kleine Oma führte die Buben in die Geblergasse. Als sie zum Haus Nummer achtundvierzig kamen, sagte die Oma:
„Da oben, ganz untel dem Dach wohnt sie.“
Robi, Tomi und Basti gingen hinter der Oma einen schmalen Gang entlang und über eine steile Treppe hinauf. Am Ende der Treppe war eine eiserne Dachbodentür ohne Klinke. Die Oma zog eine Haarnadel aus ihren Locken und steckte sie schräg in das Schlüsselloch der Tür. Die Tür ging auf. Der Dachboden, den sie betraten, war sehr groß und ziemlich finster.
„Dolt ist sie.“ Die Oma deutete in die hinterste Bodenecke. Tomi ging in die von der Oma gezeigte Richtung und sah, daß dort ein kleines Häuschen stand. Aus dem Häuschen trat eine Gestalt und sagte:

„Besuch ist da. Fein. Da werde ich Licht machen!"
Es wurde hell, und die Buben wußten nicht, worüber sie sich am meisten wundern sollten:
über Frau Bat, die ein lila Spitzennachthemd trug, oder über die Fledermäuse, die von ihren Schultern hochflogen, oder über den Lampion mit dem Sonnengesicht, der den Dachboden erhellte.
Sie beschlossen, sich am meisten über Frau Bats kleines Häuschen zu wundern. Das Häuschen war aus Pappe. Es hatte eine kleine Papptür und einen Pappschornstein auf dem Dach. Aus dem Pappschornstein stieg weißer Watterauch. Die Rosenranke, die an der Hauswand emporwuchs, war aus Kreppapier. Vor dem Häuschen war ein kleiner Garten mit Plastikblumen. Das Gras war Osterpapiergras. Vor dem Garten war ein Zaun aus Karton, daran war ein Schild mit der Aufschrift:

HAUS ARABELLA.

Als Frau Bat die kleine Oma erblickte, rief sie:
„Alice, Alice, um Fledermauswillen, was ist mit dir geschehen?"
„Ich wal bei deinem Bludel zum Verjüngen!"
„O Fledermaus, o Fledermaus!"
Robi erzählte Frau Bat, was sie bei deren Bruder erlebt hatten und was nachher geschehen war. Die Oma nickte dazu und sagte: „Ist alles wahl. Ist alles wahl."
Dann erklärte Basti, was sie nun tun wollten, und Frau Bat entschied:

Ich bringe euch zu meinem Bruder.
Aber wie?
Dufte
Sowieso
HAUS Arabella

„Ich kenne einen kürzeren Weg als den über die Landstraße."
Sie ging in das Häuschen und holte ihren seidenen Wetterfleck, löschte das Licht und kroch durch eine Dachluke auf das Dach hinaus. Sie klettere lieber über die Feuerleiter, versicherte sie. Die Buben liefen mit der Oma die Treppe hinunter. Als sie keuchend unten ankamen, lehnte Frau Bat bereits an der Haustür. Basti schaute zum Dach empor. Nirgendwo war eine Feuerleiter zu sehen. Er nahm sich vor, später darüber nachzudenken. Frau Bat führte sie um ein paar Häuserecken herum zu einem Schuppen. Sie holte eine Haarnadel aus ihrem Haarknoten und zog damit die Schuppentür auf. In dem Schuppen stand ein Auto.
„Das hat mein Bruder gebaut", erklärte Frau Bat stolz, während sie sich hinter das Lenkrad zwängte. Dann fuhr sie den Wagen aus dem Schuppen.
„Das Vehikel stammt aus der Grottenbahn", kicherte Tomi.
Frau Bat hupte. Tomi, Robi, Basti und die kleine Oma stiegen ein. Das Grottenbahnauto fuhr los wie der Blitz. Bald sausten sie über eine schnurgerade Landstraße.
Nach ein paar Minuten hielten sie vor einer Felswand. Frau Bat sprang aus dem Wagen und klopfte an die Felswand. Die Wand öffnete sich einen Spalt breit. Frau Bat schlüpfte durch den Spalt. Die anderen drängten nach.

Der Aufzugskorb, in dem sie nun standen, fuhr langsam hoch.
„Ein Jugendwerk meines Bruders“, lobte Frau Bat und fügte hinzu: „Früher hat er überhaupt viel praktischere Sachen erfunden!“
Von weit oben kam eine zornige Stimme:

Der Aufzug hielt mitten in Herrn Bats Küche. Herr Bat stand mit rotem Kopf da und schimpfte auf seine Schwester los: „Kinder hast du auch mit! Mit kleinen Kindern ohne Führerschein in einem Düsenauto! Du gehörst eingesperrt!“ Dann erkannte Herr Bat Robi. „Servus, mein Junge. Wie geht es deiner Großmutter?“
„Danke sehl, es geht ganz gut“, sagte die kleine Oma. Herr Bat starrte die kleine Oma an. Er wurde blaß. Er stammelte: „Nein, das kann nicht sein.“
„Doch, das kann sein“, seufzte Frau Bat.
Herr Bat schwankte und griff nach dem Küchensessel. Er setzte sich mitten auf ein Butterbrot, das dort lag. Basti bemerkte es, fand aber, daß es nicht der rechte Augenblick sei, um Herrn Bat darauf aufmerksam zu machen.
Herr Bat schlug die Hände vors Gesicht. So blieb er eine Minute lang still sitzen, dann nahm er die Hände vom Gesicht, holte tief Atem und sprach mit zitternder, aber sehr feierlicher Stimme: „Gnädige Frau, es tut mir sehr leid! Ich werde Sie adoptieren und versuchen, Ihnen ein guter Vater zu sein.“
Frau Bat rang die Hände: „Bruder, du sollst nicht adoptieren, sondern im Nachlaß der Urahne nach einem Gegenmittel für den Zaubertrank suchen!“
Traurig schüttelte Herr Bat den Kopf. „Da brauche ich gar nicht zu suchen. In der Kassette, die den Nachlaß beherbergt, befinden sich eine Fledermaussalbe

gegen Warzen, ein vergoldeter Knoblauchzopf, drei getrocknete Kreuzspinnen und ein Döschen Ohrenschmalz. Sonst nichts!"

Die Oma wandte sich zu Basti: „Heute mittag, nach dem Kindelgalten, hast du behauptet, daß du noch etwas weißt, wenn Hell Bat kein Mittel mehl hat!"

Basti zögerte mit der Antwort.

„Was für eine Idee hast du denn?" fragte Herr Bat.

Basti sagte: „Sie können doch dematerialisieren!"

Herr Bat nickte.

„Wissen Sie ganz genau, wann und wo ihre Urahne lebte?"

Herr Bat nickte wieder.

„Dann möchte ich Sie bitten, daß Sie mich mit Ihrer Zeitmaschine zu Ihrer Urahne schicken. Die wird mir dann ein Gegenzaubermittel brauen, und wenn ich das habe, so holen Sie mich wieder zurück."

Herr Bat sprang vom Sessel auf. Erregt rief er immer wieder: „Genial! Genial! Die Idee des Jahrtausends!"

Er klatschte sich abwechselnd auf seinen Bauch und auf sein gebuttertes Hinterteil.

Die kleine Oma wehrte sich zuerst gegen Bastis Plan. Sie hielt das Unternehmen für gefährlich. Aber Basti erklärte, daß ihm die Sache großen Spaß mache, und Herr Bat schwor auf die Zuverlässigkeit seiner Maschine.

Robi wollte unbedingt das Gegenmittel für die Oma selbst holen.

Sie ist meine Oma Das muß ich machen!
Nein, der Basti kann solche Sachen viel besser!

Als auch Herr Bat und die kleine Oma Tomis Ansicht teilten, schwieg Robi. Eigentlich war er sehr froh, nicht in einer Zeitmaschine zu einer längst gestorbenen Dame fahren zu müssen.
Schließlich wurde beschlossen, Basti um fünfzehn Uhr und fünf Minuten zu dematerialisieren und ihn um siebzehn Uhr und zehn Minuten wieder zurückzuholen. Herr Bat rechnete aus, daß Basti um sieben Uhr am Morgen bei der Urahne im Schlafgemach ankommen werde.
„Aber“, erklärte Herr Bat, „du mußt dann die Urahne zur Eile antreiben. Ich kann dich nur zwei Stunden dort lassen. Mehr schafft meine Maschine derzeit noch nicht.“
Frau Bat räusperte sich und sagte: „So ein kleiner Bub allein im sechzehnten Jahrhundert! Das geht nicht, Bruder, deine Zeitmaschine ist doch groß genug für zwei Personen. Bei der guten Fledermaus, ich lasse Basti nicht allein! Ich fahre mit ihm!“

IM 8. KAPITEL

erfährt man, was die Männer der Familie Bat von ihren Frauen und Schwestern halten. Basti mag keine lange Abschiedsszene. Ein junger Mann namens Philip glaubt verrückt zu sein.

Herr Bat verließ pfeifend die Küche, um seine Maschine zu überprüfen. Frau Bat holte die Familienchronik. „Wir haben noch eine ganze Stunde Zeit. Es kann uns nichts schaden, wenn wir uns über die Frau Urahne informieren."

Die Familienchronik war in weiches rotes Leder gebunden. Die Buchseiten waren aus echtem Pergament. Frau Bat blätterte in der Chronik und murmelte dabei: „Ludmilla, nein, die war viel später. Eberhard, August, Wolf, Eugen, Fridericus, Josefus, Alwin! Männer, Männer, immer nur Männer! Alle hundert Jahre eine einzige Frau, von der sie etwas aufgeschrieben haben!" Sie wandte sich zur Oma: „Dabei gab es in unserer Familie ganz herrliche Weiber! Ach, wenn ich nur an meine Tante Adelheid denke! Aber", sie schlug mit der Faust auf das Buch, „aber da drinnen steht kein Sterbenswort von ihr!" Dann blätterte sie die letzten beschriebenen Seiten durch. „Schaut euch das an! Das hat mein Bruder geschrieben! Ein, zwei, drei, vier, fünf, sechs, sieben, acht, neun, zehn Seiten über sich selber! Ha! Und hier!“ Sie zeigte auf folgende Eintragung:

Arabella Bat: geb. April 1905 / ledig, keine Kinder / unwissenschaftlich, gest. ....

„Aus! Schluß! Mehr fällt ihm zu mir nicht ein! Allein was ich für diesen Kerl aus meiner Handtasche gezogen habe! Wie ich Zeit meines Lebens für ihn gelogen habe! Gut! Er hat erfunden! Er ist klug! Ha, er ist ein Genie! Aber wer hat ihm alle Schwierigkeiten aus dem Weg geräumt? Wer ist mit der Handtasche zu den Behörden gegangen? Wer ist nach Alma Ata und nach Kap Kennedy geflogen, um gewisse Papierchen zu holen, ohne die er nicht hätte weiterdenken können? Wer?“
Die kleine Oma und die Buben schauten verwirrt.
„Wer denn?“ fragte Basti.
„Ich! Ich! Ich!“ Frau Bat schlug sich mit der Hand dreimal gegen die Brust. „Wie oft habe ich für ihn mit Haarnadeln in Safeschlössern herumstochern müssen! Wie oft habe ich mutterseelenallein mitten in der Nacht fortfliegen müssen, um irgendwo aus irgendeinem Aktenordner einen Bogen Papier zu beschaffen, auf dem ‚Top-Secret‘ steht! Er hat ja auch einen Wetterfleck, aber benutzen tut er ihn nie. Höchstens,

daß er damit einen halben Meter über der Erde dahinschwebt, um seine Wiesenveilchen nicht zu zertreten! Er behauptet, luftkrank zu werden, wenn er fliegt. Luftkrank! Ha! Feig ist er. Feig, und die Dreckarbeit läßt er mich machen, und dann schreibt er: ledig, unwissenschaftlich!“
Die kleine Oma nickte zustimmend. Die Buben verstanden nicht recht, was Frau Bat meinte.

Robi bekam wieder Mut. Bis auf den kleinen Sprachfehler ganz die alte Oma, dachte er.
Frau Bat blätterte verdrießlich weiter in der Familienchronik. Endlich hatte sie eine Notiz über die Urahne gefunden und begann, mühselig die vergilbte Schrift zu entziffern:

„**Isabella Raubatmeier,** Freifrau von Raubatin, Edle zur rauhen Bat. Geboren anno domini 1480."

Dann schlug sie ärgerlich das Buch zu.
„Was steht denn über die Urahne drin?" fragte Robi.
„Was wird schon drin stehen!" Frau Bat war erregt. „Ledig! Unwissenschaftlich! Keine Kinder! Doch das ist ja ganz unwichtig. Sie war eine herrliche Frau. Ich werde euch erzählen, wie sie wirklich war. Ich weiß das von meiner Großtante, und die weiß es wieder von ihrer Großtante. Also, die Urahne Isabella war eine berühmte Frau. Sie hat in ihrer Jugend den alten Kaiser Maximilian getröstet, und mit Theophrastus Bombastus von Hohenheim – ihr kennt ihn unter dem Namen Paracelsus – war sie eng befreundet."
Frau Bat hörte zu erzählen auf, denn ihr Bruder war in die Küche gekommen. Er schien etwas nervös.
„In zehn Minuten startet ihr", sagte er.
Bissig meinte seine Schwester: „Gut. Wenn ich lebend zurückkomme, kannst du in die Chronik eintragen: Die erste Frau, die demarisiert wurde!"
„Dematerialisiert!" rügte Herr Bat.

„Das ist mir Wurscht."
„Typisch für dich, du Fledermaus!"
„Selber Fledermaus!"
Die kleine Oma bat die Geschwister, ihren Streit zu beenden. Herr Bat führte seine Besucher durch die Küchentür hinaus auf den betonierten Platz und zu dem grünen Kreis, der dort auf den Boden gemalt war. Zuerst stellten sich Basti und Frau Bat auf den grünen Kreis, und der versank mit ihnen in die Erde. Bald darauf kam die grüne Scheibe wieder, und nun fuhren Tomi und die Oma hinunter. Zum Schluß fuhr Robi mit Herrn Bat. Sie sanken auf der grünen Scheibe etwa sieben Meter durch einen engen Schacht. Dann standen sie in Herrn Bats Labor. Tomi, Robi, die kleine Oma und Frau Bat blieben dicht beieinander stehen. Der Raum schien sie zu bedrücken. Sie unterhielten sich auch nur ganz leise miteinander. Doch Basti ging neugierig herum und betrachtete die verschiedenen Apparate und Geräte und ließ sich von Herrn Bat ihren Zweck erklären. Vor einem chromglänzenden Kasten blieb Herr Bat stehen und sagte:
„Das ist die Zeitmaschine, die meine Schwester ‚Kiste' nennt."
Nun kam auch Frau Bat heran. Sie öffnete die Tür der Zeitmaschine und stieg probeweise hinein.
„Etwas eng für zwei Personen", stellte sie fest.
„Schwester, ich bitt' dich, es dauert doch nur zwei Minuten."

Kannst du mir nicht ein Pölsterchen bringen?
Pölsterchen passen nicht in eine Zeitmaschine.
Super! Klasse!
Wie das hiel sullt.

Basti kroch zu Frau Bat in die Zeitmaschine. Herr Bat sagte, sie hätten jetzt noch sieben Minuten bis zum Start. Basti hielt nichts von langen und innigen Abschiedsszenen. Darum bat er Herrn Bat, den Start vorzuverlegen. Frau Bat war damit einverstanden.
Herr Bat schloß die Kastentür. Er drehte an einem großen Knopf, der sich an der Seitenwand des Kastens befand. Dann sprang er zu einem Schaltbrett und drückte zwei Hebel hinunter. Vier rote Lämpchen leuchteten auf und erloschen wieder. Dann leuchteten drei gelbe Lampen und dann zwei grüne. Herr Bat grunzte befriedigt. Tomi flüsterte: „Hört ihr das Surren?"
Die kleine Oma lauschte und sagte dann: „Es sullt so, weil jetzt del Basti und die Flau Bat aufgelöst welden!"
Nach ungefähr zwei Minuten hörte das Surren auf. Gleichzeitig begann auf dem Schaltbrett neben der Zeitmaschine eine große violette Lampe zu leuchten. Herr Bat lief zur Zeitmaschine, drehte an dem großen Knopf und öffnete die Tür. Die Maschine war leer.
„Meine Lieben", rief er, „solange die lila Lampe leuchtet, ist alles in bester Ordnung!"

Basti kauerte in der Zeitmaschine. Es war stockfinster. Er fühlte sich unbehaglich. Von allen Seiten drückte ihn Frau Bats schwerer Körper. Basti wollte etwas zu Frau Bat sagen, aber er konnte nicht sprechen. Langsam ließ auch der Druck von Frau Bats schwerem Körper nach. Sie schien immer leichter und leichter zu werden. Jetzt spürte er sie gar nicht mehr. Er spürte sich selbst nicht mehr. Er konnte nicht nur nicht reden, er konnte auch nicht mehr denken. Dieser Zustand dauerte ungefähr eine Minute. Dann fühlte er sich selbst wieder. Und dann fühlte er auch Frau Bat. Zuerst ganz leicht, dann immer stärker.

Wie hatte Herr Bat gesagt? Zwei Minuten wird es dunkel sein. Dann wird es wieder hell. Ihr werdet etwas durchsichtig sein, aber das wird nicht lange dauern. Nach meiner Berechnung müßtet ihr in höchstens fünfzig Sekunden wieder ganz fest und dicht und farbig sein. Ihr steht dann in der Schlafkammer der Isabella von Raubatmeier. Im ersten Stock unseres alten Familienhauses. Im Zimmer neben dem Stiegenaufgang. Das habe ich genau kalkuliert. Es wird sieben Uhr am Morgen sein und der zehnte Juli fünfzehnhundertfünfundzwanzig.

So hatte Herr Bat gesagt. Aber irgend etwas stimmte nicht. Sie waren aufgelöst worden. Das hatten sie deutlich bemerkt. Und die Zeitmaschine war nicht mehr da. Und sie waren auch wieder zusammengesetzt worden. Das konnten sie deutlich fühlen. Alles war ganz fest und dicht an ihnen. Aber es war stockfinster um sie herum. Und es sollte doch sieben Uhr sein und der zehnte Juli. Am zehnten Juli um sieben Uhr muß es aber hell sein! Frau Bat seufzte.

„Geht es Ihnen gut?"

„Danke bei mir ist alles
in Ordnung.
Bei dir auch?"

„Frau Bat, wieso
ist es stockdunkel?
Sind wir blind?"

„Nein. Mein Bruder
hat sich sicher
in der Tageszeit geirrt."

„Hoffentlich wird es
bald hell!"

„Gib mir die Hand!"

„Ich bin wo angestoßen!"

Ihre Augen gewöhnten sich an die Dunkelheit. Sie schlichen zum Fenster. Als Frau Bat den Vorhang wegschob, wurde es etwas heller. Kopfschüttelnd betrachtete Frau Bat die Häuser auf der anderen Straßenseite. Dann hielt sie eine Hand hinter das Ohr und lauschte. Man konnte jetzt einzelne Wörter verstehen.

„Frau Bat", stammelte Basti, „sind wir in Frankreich?"
„Nein, der Mensch hat eine abscheuliche Aussprache. Sein Französisch klingt mir sehr wienerisch!"
„Gott sei Dank!"
„Danke nicht zu früh", flüsterte Frau Bat. „Kennst du das Lied?"
„Es kommt mir bekannt vor."
„Es ist die Marseillaise."
„Aber das ist doch", Basti vergaß vor Aufregung zu flüstern, „das ist doch ein Lied aus der Französischen Revolution, und die war doch viel später als 1525!"
„Eben!" sagte Frau Bat.
„Dann sind wir gar nicht bei der Isabella von Raubatmeier?"
Frau Bat kratzte sich nachdenklich am Kopf und kicherte dann: „Mein Geniebruder hat sich nicht nur in der Tageszeit geirrt, sondern auch im Jahrhundert! Lächerliche hundert Jahre hat er uns zurückgeschickt. Aber ich glaube, wenigstens der Ort ist der rechte. Das scheint unser altes Familienhaus zu sein!"
Der nächtliche Sänger hatte sein Lied inzwischen von vorn begonnen: „Allons, enfants de la patrie, le jour de gloire est . . ." Der Gesang wurde immer lauter. Man konnte jetzt auch Schritte hören. Vorsichtig öffnete Basti einen Fensterflügel und beugte sich aus dem Fenster. Er sah, daß der singende Mensch genau unter seinem Fenster stehengeblieben war und etwas in sei-

ner Hosentasche suchte. Dann hörte er plötzlich zu singen auf, klopfte an die Haustür und rief.

Frau Bat und Basti standen ganz still. Sie hörten Schritte im Haus. Ein Fenster über ihnen ging auf. Jemand rief aus diesem Fenster:
„Philip! Sei Er still! Weck Er doch die Leut' nicht auf! Ich komm' ja schon!"
„Aber a tempo, wenn ich bitten dürft'!" rief der Neffe Philip. „Sonst logier' ich im Gasthof!"
Er klopfte weiter an die Haustür. Basti und Frau Bat hörten jemanden über die Treppe schlurfen. Dann quietschte ein Schlüssel im Schloß, und dann war wieder die Neffenstimme zu hören:
„Na endlich! Das Umeinanderstehen ist ja degoutierlich!"
Die Tante schien verärgert. Sie schimpfte:
„Lackel damischer! Daß uns noch die Polizei kommt. Wegen nächtlicher Ruhestörung!" Die Tante Batmeier zog den Neffen ins Haus und schleppte ihn in den ersten Stock. Dabei schimpfte sie weiter: „Was kommst denn so spät?! Die ganze Nacht verscharmieren und herumdisputieren. Schwierigkeiten wirst noch haben, Lackel damischer, Student narrischer!"
„Müd' bin ich", gähnte der Neffe, „alsdann: Liberté, liebe Frau Tant'!"
„Gute Nacht heißt das bei mir", sagte die Tante und: „Da, nimm' die Kerzen!"
Man hörte die Tante in den zweiten Stock hinaufsteigen. Der Neffe, mit der Kerze in der Hand, betrat das Zimmer, in dem Basti und Frau Bat standen. Basti

und Frau Bat lächelten ihr schönstes Lächeln. Sie nickten dem Neffen freundlich zu.
Doch der begann zu schreien und schrie und schrie und konnte gar nicht mehr aufhören. Schreiend stellte er die Kerze auf den Tisch. Schreiend wankte er zum Bett. Er setzte sich auf die Bettkante, schlug die Hände vors Gesicht und schrie: „Hilfe!"
Die Tante Batmeier kam über die Treppe gelaufen. „Lackel damischer, hörst auf!"
Als sie Basti und Frau Bat erblickte, schien es, als ob sie auch schreien wollte. Doch Frau Bat verbeugte sich und flüsterte: „Arabella Bat und Begleiter. Ich bin Ihre Groß-groß-nichte!"
Dann zog sie aus ihrem Handtäschchen einen wunderschönen Blumenstrauß und überreichte ihn der Tante Batmeier. Die Tante nahm den Blumenstrauß und flüsterte, gerührt auf das Handtascherl blickend: „Das hast also von mir geerbt! Schaut noch immer wie neu aus!"
Dann gab sie Basti und Frau Bat mit Zeichen zu verstehen, daß sie vor dem Zimmer warten sollten. Basti und Frau Bat schlichen auf den Zehenspitzen aus dem Zimmer und zogen die Tür leise hinter sich zu. Nun standen sie in einem schmalen Gang. Es roch nach Lavendel und Bodenwachs. An der Wand hing eine kleine Laterne, die ein Ölgemälde beleuchtete. Frau Bat holte ihre Brille aus ihrem Wetterfleck und betrachtete das Bild.

„Wenn es nicht zum Weinen wäre, so wäre es zum Lachen", seufzte sie. „Schau, die schöne Dame da auf dem Ölbild, das ist die Urahne!"

Basti blickte auf die ölgemalte Frau. Von schön konnte keine Rede sein. Die Frau auf dem Bild sah aus wie ein getrockneter Fliegenpilz oder eine gedörrte Fledermaus, und Basti war beinahe froh, daß sie nicht bei ihr, sondern bei der dicken Tante Batmeier gelandet waren.

„Was tun wir jetzt?" fragte Basti.

„Wir gehen an der Tür horchen", entschied Frau Bat.

Sie schlichen zur Zimmertür und lauschten. Sie hörten die Tante drinnen reden:

„Ja, Philiperl, Lipperl, was hast denn? So nimm doch die Handerln vom Gesicht! Was jammerst denn so!"

Der Neffe Philip gab zur Antwort: „Gespenster hab' ich gesehen! Eine böse Alte und einen Buben. In Gewändern, die es gar nicht gibt! Am Fenster stehen die zwei Gespenster und wackeln mit den Köpfen und grinsen!"

Die Tante beruhigte ihren Philip.

„Aber, aber! Zuviel getrunken hast! Zuviel geredet hast! Zuwenig geschlafen hast! Das sind die Nerven! Wo sollen denn die Gespenster sein? Ich seh' gar nichts! So nimm doch die Handerln vom Gesicht!"

Basti und Frau Bat lauschten angestrengt. Sie hörten den Neffen leise wimmern.

Im Zimmer drinnen streichelte die Tante Batmeier ihrem Neffen beruhigend den Kopf und sprach weiter leise auf ihn ein: „Geh! Sei nicht dumm! Nimm doch die Hände vom Gesicht. Geh!“
Endlich spreizte der Neffe vorsichtig die Finger und blinzelte zu der Stelle, wo die Gespenster gestanden hatten.

„So ist es recht, Burschi“, lobte die Tante Batmeier, „und jetzt mußt du aber wirklich schlafen, sonst kriegst du es noch mit den Nerven, Burschi!“

Die Tante kramte in ihrer Schlafrocktasche und holte dann ein Seidenzuckerl heraus. Sie steckte es dem Neffen in den Mund. Sie half ihm beim Ausziehen, drückte ihn ins Bett und deckte ihn zu. Sie murmelte:

„Das Seidenzuckerl wird gleich wirken. Es ist von meiner besten Mischung. Gleich wird er einschlafen, fest und tief. Und morgen, wenn er aufwacht, wird er sich an gar nichts mehr erinnern können. An rein gar nichts mehr!“

Die Tante löschte die Kerze und verließ leise das Zimmer ihres Neffen.

„Kommt in die Küche“, sagte sie zu Basti und Frau Bat. „Ich glaub’, wir kochen uns am besten einmal einen guten Kaffee und bereden die Angelegenheit!“

IM 9. KAPITEL

sucht die Tante Batmeier im Küchenkasten und nimmt eine traurige Nachricht für ihren Neffen zur Kenntnis.

Frau Bat und Basti saßen mit der Tante Batmeier am Küchentisch und tranken Kaffee. Es war übrigens das erste Mal, daß Basti echten Bohnenkaffee trank. Frau Bat erklärte ihrer Großtante, warum und auf welche Weise sie gekommen waren und wohin sie eigentlich gewollt hatten.

Die Tante war eine vernünftige und gescheite Frau. Sie war nicht entsetzt, sie wunderte sich nicht einmal sehr. Als Frau Bat fertig erzählt hatte, nahm die Tante einen Schluck Kaffee und meinte:

„Alsdann, daß ihr euch auskennt. Ich bin die Annabella von Batmeier, und der da oben, der im Seidenzuckerlschlaf liegt, ist mein Neffe, der Philip von Batmeier!“ Sie schaute zu Frau Bat und kicherte: „Dein Urgroßvater, liebe Arabella.“

Frau Bat schien der Gedanke, daß der jammernde Jüngling ihr Urgroßvater sein sollte, ziemlich merkwürdig. Die Tante Batmeier bemerkte das und entschuldigte ihn: „Weißt, er ist halt so irdisch! Er hat gar keinen sechsten Sinn! Aber sonst ist er recht lieb!"

„Und bringen wird er es auch noch zu allerhand", sagte Frau Bat. „Das weiß ich aus unserer Familienchronik."

„Wirklich? Da bin ich aber froh, da brauch' ich mir keine Sorgen mehr um ihn zu machen. Sag, was wird denn aus ihm?" erkundigte sich die Tante Batmeier. Doch bevor Frau Bat noch antworten konnte, fuhr die Tante fort: „Nein, nein, sag mir gar nichts. Sonst frag' ich noch nach allerhand Zukünftigem, und es tut nicht gut, zuviel davon zu wissen. Dann geht's mir so wie meinem Großvater, der immer seine Zukunftsvisionen gehabt hat. Der war bedauernswert. Der hat keine ruhige Stunde mehr in seinem Leben gehabt und immer nur traurig gelächelt. Nein, ich will nichts wissen von der Zukunft."

„Ist ohnehin besser", sagte Frau Bat.

„Alsdann", die Tante erhob sich von ihrem Sessel, „ich hätte noch gern mit euch geplaudert, aber eure Zeit ist ja ziemlich knapp. Ich werde jetzt in meinem Küchenkasten nachschauen, ob ich ein Mittelchen für die arme Frau Seifertiz finde. Ich habe noch etliche Medizinen aus dem Nachlaß der Urahne. Unsere Familie war immer gesund, wir haben fast gar nichts verbraucht."

Die Tante öffnete den Küchenkasten und räumte

Schachteln und Flaschen und Kisterln und Sackerln heraus. Immer wieder murmelte sie: „Das ist zu rein gar nichts nütze!“ oder: „Das hätte ich längst wegwerfen können!“ oder: „Das ist gegen Warzen!“ und: „Was man alles aufhebt! Es ist ja nicht zu glauben!“

Dann zog sie eine kleine hölzerne Kassette aus dem Kasten. Sie öffnete die Kassette und schaute verblüfft hinein. In der Kassette lag auf rotem Samt eine kleine, braune Flasche.
„So was!“ rief die Tante erregt. „Vorgestern, das weiß ich noch genau, da war doch noch eine zweite braune Flasche in der Kassette!“
„Was ist denn das für eine Medizin?“ fragte Basti.
Die Tante nahm die Flasche in die Hand. Mühsam zog sie den Stoppel heraus und roch vorsichtig an der Flasche.
„Riecht wie Eierlikör“, stellte sie fest.
„Wie Eierlikör?“ Frau Bat sprang auf. „So hat das Verjüngungsmittel auch gerochen!“
Die Tante Batmeier suchte in ihrer Schlafrocktasche nach ihrer Brille, setzte sie auf und entzifferte die Aufschrift auf der Flasche: „TINCTURA MAGNIFICA (ANTI). Ich habe es!“
Basti und Frau Bat konnten es kaum glauben. Als sie mit eigenen Augen die Inschrift auf dem Etikett gelesen hatten und den Flascheninhalt berochen hatten, umarmten sie die Tante. Die Tante schluchzte gerührt: „Mein Gott, das ist schön, einer alten Frau zu helfen, die noch gar nicht auf der Welt ist! Ich freue mich ja so! Schade, daß ich das niemandem erzählen kann!“
Glücklich stöpselte Frau Bat die Flasche zu und steckte sie in ihre kleine Handtasche. Sie setzten sich wieder an den Küchentisch und tranken Kaffee.

„Was?“ Die Tante ließ das Kaffeehäferl fallen. „Wir kriegen also doch eine Revolution? Der Philip redet immer davon. Aber ich habe es nie geglaubt!“
„Ja“, seufzte Frau Bat, „aber es wird nichts draus.“
„Schade.“ Die Tante schüttelte traurig den Kopf. „Ich hätte es dem Philip gewunschen. Er denkt ja Tag und Nacht daran. Frei sollen wir werden und gleich und brüderlich! Mir ist es ja egal. Ich rede sowieso mit

niemandem. Ich gehe kaum aus dem Haus. Was ich brauche, das hole ich mir aus dem Handtascherl! Mir kann es gleich sein!"

„Wirst du ihm sagen, daß die Revolution schlecht ausgeht?" wollte Basti wissen.

„Ach wo, er tät' es mir doch nicht glauben!"

Die Tante Batmeier seufzte und schenkte sich noch ein Häferl mit Kaffee voll.

Plötzlich sagte Basti: „Ich glaube, wir werden bald zurückgeholt. Mir wird so sonderbar."

Frau Bat nickte. „Ja, ich habe auf einmal in den Beinen so ein Kribbeln und im Kopf so ein leeres Gefühl."

Basti lauschte: „Surren höre ich nichts, aber es kitzelt so. Ich werde ganz leicht. Ich komme mir vor wie ein Luftballon!"

Die Tante Batmeier staunte: „Jesusmariaundjosef! Ihr werdet mir ja ganz durchsichtig! Wie ein Batistvorhangerl so durchsichtig!"

Frau Bat wollte rufen: Liebe Tante Batmeier, vielen Dank, liebe Tante! Es wurde aber nur mehr ein Geflüster daraus: „Lie . . . te . . . Batm . . . Da . . . nte!"

„Adieu!" rief die Tante und: „Kommt gut nach Hause und viel Glück!" und dann noch: „Meine besten Grüße an die Frau Seifertiz!"

Die Tante Batmeier saß da und umklammerte ihr Kaffeehäferl. Man hätte meinen können, sie hielte sich daran fest. Neben ihr, dort wo Basti und Frau

Bat gesessen hatten, standen zwei leere Stühle. Zarter, grauer Rauch schwebte über ihnen. Zaghaft winkte die Tante dem grauen Rauch zu und sagte:

IM 10. KAPITEL

erschrickt Herr Bat. Ein Polizist wundert sich, und Frau Seifertiz junior findet erst im letzten Satz dieser Geschichte Schlaf.

In Herrn Bats Labor saßen die kleine Oma und Robi und Tomi und starrten unentwegt auf die lila Lampe. Herr Bat hatte versucht, mit den dreien ein Gespräch zu beginnen. Aber niemand hörte ihm zu. So ließ er es sein und ging zu seinem Stehpult, um die Eintragungen in das Versuchsprotokoll zu machen. Er trug sonderbare Sätze und Zahlen ein:
Resonanzeffekt bleibt aus.
Transportat aufgelöst. (Das Transportat waren Basti und Frau Bat.)
Fledermausbrosche meiner Schwester bleibt in der Transmutationskammer zurück! Polarität des Sperrfeldes?? (Die Transmutationskammer war der Stahlkasten. Was das Sperrfeld war, weiß ich nicht. Und was Polarität bedeutet, habe ich auch vergessen, obwohl ich es sicher einmal gewußt habe; das Wort kommt mir jedenfalls unheimlich bekannt vor.)

Dann trug Herr Bat die Schaltungen ein, die er vorgenommen hatte:
Einschaltung – E-Feld.
Feldgenerator in Betrieb gesetzt.
Transportkreis auf 37,8 . . .
Als er 37,8 geschrieben hatte, schmiß er die Feder auf das Stehpult und begann fürchterlich zu fluchen. Er hatte bemerkt, daß er völlig falsch geschaltet hatte.
„Ist etwas passiert?“ fragte Tomi ängstlich.
„Ich habe mich mit der Feder in den Finger gestochen“, log Herr Bat.
Tomi starrte wieder auf die lila Lampe.
Herr Bat versuchte nachzurechnen. Am richtigen Ort sind sie, dachte er. Das weiß ich ganz genau! Aber in welcher Zeit? In welchem Jahrhundert? Herr Bat war verzweifelt. Bei der Transportkreiseinschaltung von 37,8 müßten sie . . . müßten sie . . . Es war sinnlos weiterzurechnen. Herr Bat verrechnete sich immer wieder, Angstvorstellungen peinigten ihn. Er sah seine Schwester im tiefsten Winter frierend und mutterseelenallein herumirren. Oder vielleicht hatte er die beiden in die Eiszeit geschickt? Und es gab überhaupt keinen Menschen auf der Welt! Oder vielleicht waren sie weit in der Zukunft?
Nun waren die zwei Stunden um. Herrn Bat tropfte der Angstschweiß von der Nase. Seine Hände zitterten. Er ging langsam zum Schaltbrett und drehte eine Scheibe nach links und riß einen Hebel nach rechts.

Die lila Lampe erlosch. Die kleinen roten Lämpchen leuchteten auf, die gelben Lämpchen zuckten, und die grünen Lämpchen blitzten.
Herr Bat ging zum Stahlkasten zurück. Jetzt muß ich öffnen, dachte er. Jetzt müßten sie schon in der Zeitmaschine sitzen. Doch er wagte nicht, die Kastentür zu öffnen.
„Walum öffnen Sie nicht?" fragte die kleine Oma.
„Ich muß noch warten", log Herr Bat.
Da drang eine leise Stimme aus der Zeitmaschine. „Bei der guten Fledermaus, Bruder, hier ist es eng! So mach doch auf! Ich ersticke!"
Herr Bat stieß einen erleichterten Schrei aus und drehte an dem Knopf, der sich an der Kastenwand befand. Die Tür sprang auf. Herr Bat zog seine Schwester und Basti aus dem Kasten und umarmte sie und lachte und schluchzte.
„Alles in bester Ordnung, lieber Bruder", beruhigte Frau Bat Herrn Bat. „Dein lieber, kleiner, äußerst genialer Irrtum hat uns nicht geschadet. Wir haben, was wir brauchen!"
„Danke lecht schön, Basti, danke lecht schön, Alabella", sagte die kleine Oma und fragte dann: „Kann ich jetzt tlinken?"
Tomi holte einen Kaffeelöffel aus Herrn Bats Stehpultlade und reichte ihn der Oma. Frau Bat holte die kleine braune Flasche aus ihrer Handtasche und entkorkte sie.

Die Verwandlung ging blitzschnell. Noch während die kleine Oma trank, wurde ihr Körper immer größer und größer. Das kleine rote Kinderkleid krachte in den Nähten. Frau Bat zog ein Cape aus ihrer Handtasche und legte es der Oma über den immer größer werdenden Leib. Die Lackschuhe an Omas Füßen zerplatzten, und die großen, alten, kranken Zehen der Frau Seifertiz schoben sich hervor. Schon wölbte sich unter dem Cape der dicke Bauch der Oma. Dann wich noch alle Farbe aus dem langen Lockenhaar, und die gute alte Oma war wieder da.
Robi fiel der Oma um den Hals.

Geschafft!!!
Uiiiiii!!!
Robi
Sowieso
Oma

„Auf ziemlich unwissenschaftliche Art“, grinste Basti. Herr Bat umarmte seine Schwester, und die beiden sprangen vor lauter Freude hoch in die Luft. Bis zur Zimmerdecke. Dort schwebten sie mit ihren geblähten seidenen Wetterflecken wie zwei dicke Fledermäuse. Sie blieben so lange an der Zimmerdecke, bis Basti von unten rief:

„Den Gesetzen der Schwerkraft nach müßtet ihr längst wieder unten sein!“

Da beendeten die Geschwister verwirrt ihren Dauerluftsprung.

Frau Bat ging nun mit der Oma Seifertiz in Herrn Bats Schlafzimmer und schnitt dort mit einer Schere der Oma die Kinderkleider vom Leib. Die zerplatzten Lackschuhe waren wie angeschmiedet an die Füße der Oma. Frau Bat zog daran und zerrte, und die Oma jammerte:

„Au weh, au weh, meine armen, kranken Füße! Gott sei Dank, daß ich die wieder habe!"

Als die Schuhe und die Kinderkleider endlich von der Oma entfernt waren, holte Frau Bat schöne Großmutterkleider aus ihrer Tasche.

Eine elegante Oma kam in das Labor zurück. Nun wollten natürlich alle von Basti und Frau Bat wissen, wie es ihnen ergangen war. Sie beschlossen, in der Wohnung der Oma ein Freudenfest zu feiern, bei dem die beiden Zeitfahrer ihr Abenteuer erzählen sollten.

Sie fuhren mit dem alten Aufzug hinunter und stiegen in das Düsenauto. Diesmal lenkte Herr Bat. Als sie zum Haus der Oma kamen, riet Frau Bat ihrem Bruder:

„Fahr den Wagen in den Schuppen. Die Leute schauen schon!"

„Sie sollen auch schauen", erwiderte Herr Bat, stieg aus und verbeugte sich vor einer Gruppe von Menschen, die sich um das sonderbare Auto versammelt hatten.

„Jö, Mama, schau", rief ein kleiner Bub, „da steht ein dicker, alter Batman!"
Herr Bat hörte es und zuckte zusammen.
„Was ist ein Batman?" fragte die Oma.
„So nennt sich mein Bruder, wenn er nach Amerika auf Urlaub geht", flüsterte Frau Bat. „Er reist gern inkognito!"
Im Wohnzimmer der Oma feierten sie ein Superfest. Frau Bat holte Lampions und Faschingsschlangen aus ihrer Handtasche und Coca-Cola und Sodawasser und belegte Brote und Tortenstücke und Schallplatten.
Herr Bat blies drei Plastiksofas auf.
Basti erzählte vom Neffen Philip und Frau Bat von der Tante Batmeier und Herr Bat von seiner fürchterlichen Angst, und die Oma machte „rrrrr", und die Beatles sangen: „Will you still need me, will you still feed me ..."
Herr Bat trank zehn Jahre alten Whisky. Die Oma schleckte Erdbeerschaum. Basti aß Prager Schinken, und Frau Bat lutschte an dem einen Ende einer ein Meter langen Lakritzenstange. Tomi lutschte am anderen Ende.
Basti erkundigte sich bei der Oma, wie sie nun eigentlich lieber wäre: klein und jung oder alt und groß. Die Oma seufzte und meinte, am besten wäre jung und groß.
Dann tanzte die Oma mit Herrn Bat.

Our baby is gone.
Our baby is gone.
Our baby is gone.
Our baby is gone.

Sie merkten alle nicht, daß es ziemlich spät geworden war. Sie merkten auch nicht, daß die unversperrte Wohnungstür aufging. Doch plötzlich standen da mitten unter ihnen – zwischen den Lampions und den Faschingsschlangen und den Plastiksofas und den leeren Colaflaschen und den Platten mit belegten Broten – Robis Eltern und ein Polizist.
Der Polizist rief: „Ist hier eine Alice Amanda Seifertiz?“
Herr Seifertiz rief: „Aber Mutter!“
Basti stellte den Plattenspieler ab. Robi kletterte vom Kasten. Frau Bat stellte die Riesenlakritzenstange in die Ecke. Herr Bat hörte zu tanzen auf und ließ die Oma los.
„Ist es schon so spät?“ fragte die Oma.
„Es ist fast Mitternacht“, sagte Frau Seifertiz, „und wir waren sehr in Sorge.“
„Donnerwetter, Mitternacht! Das ist ja super!“ Die Oma lachte.
„Aber Mutter!“ rief Herr Seifertiz.
Der Polizist wandte sich an Robis Vater und erkundigte sich, wer von den beiden alten Damen Alice Amanda Seifertiz sei. Robis Vater zeigte auf die Oma.
Frau Seifertiz fragte:
„Herr Wachtmeister, was wollen Sie denn von unserer Oma?“
Der Polizist hielt ein Paket in der Hand. Das öffnete er nun. Zum Vorschein kamen die Kleider und die

Handtasche und alle Sachen, die Robi und die Oma auf der Wiese liegengelassen hatten.
„Diese Sachen hat man auf einer Wiese vor der Stadt gefunden. Gehören sie Ihnen?“ Der Polizist hielt der Oma anklagend ihr Mieder unter die Nase. Die Oma entriß ihm das Mieder und schrie: „Herr Wachtmeister, greifen Sie mir nicht in meine Intimsphäre!“
„Aber Mutter!“ rief Herr Seifertiz.
Die Oma warf ihr Mieder auf ein Plastiksofa. Sie sagte zu Herrn Seifertiz: „Also weißt du, da bekommt man Kinder und liebt sie und zieht sie groß und läßt sie was Ordentliches lernen, und dann stehen sie da herum und wissen nichts Besseres zu sagen als in einem fort: Aber Mutter, aber Mutter!“
Der Polizist rief: „Wir haben ein Verbrechen vermutet, und Sie sitzen da und feiern! Wie kommen Ihre Kleider und Ihre Handtasche auf eine Wiese vor die Stadt? Und wieso funktioniert Ihr Telefon nicht?“
„Weil der Telefonhörer neben dem Apparat liegt“, sagte Robis Mutter. Sie nahm den Hörer und legte ihn auf die Gabel.
„Nun?“ forschte der Polizist. „Ich will eine Erklärung!“
Herr und Frau Bat winkten der Oma verstohlen zu und schlichen aus der Wohnung. Basti und Tomi murmelten, daß es schon spät sei, und schlichen hinterher.

Die Oma ließ sich auf ein Plastiksofa fallen. Sie sah trotz ihrer Fülle ganz zerbrechlich aus. „Herr Wachtmeister", stöhnte sie, „ich bin eine vergeßliche, alte Frau. Ich ... ich wollte eigentlich mit den Kleidern in die Wäscherei gehen, und dann habe ich mich verlaufen."

„Bis vor die Stadt haben Sie sich verlaufen?" fragte der Polizist ungläubig, und Herr Seifertiz sagte tatsächlich wieder: „Aber Mutter!"

Die Oma warf ihrem Sohn einen bösen Blick zu. Den Polizisten lächelte sie unschuldig an. „Ja, ja", meinte sie, „so geht es uns armen alten Frauen. Ein schreckliches Los, Herr Wachtmeister!"

Der Polizist ging kopfschüttelnd fort. Vorher mußte die Oma noch eine Quittung für das Kleiderpaket unterschreiben.

Robis Mutter setzte sich zur Oma auf das Plastiksofa. „Woher hast du denn die tollen Sitzbänke?" fragte sie.

Die Oma flüsterte: „Ich schenk dir eine, wenn du willst!" Robis Mutter nickte begeistert.

Herr Seifertiz ging erregt im Zimmer auf und ab und sagte empört: „Also weißt du, Mutter, zumindest den Telefonhörer hättest du auf die Gabel legen können. Alle zwei Minuten habe ich anzurufen versucht. Dauernd war besetzt!"

„Der Telefonhörer liegt schon seit gestern neben dem Telefon", rief Robi, „weil die kleine Oma ..."

Die Oma legte einen Zeigefinger auf die Lippen und zwinkerte ihrem Enkel zu. Da schwieg Robi.
„Welche Oma? Welche kleine Oma? Was war gestern?“ Herr Seifertiz schaute ratlos abwechselnd seinen Sohn und seine Mutter an.
„Mein lieber Sohn“, sagte die Oma und sah nun gar nicht mehr zerbrechlich aus, „ich könnte dir allerhand erzählen. Von Zeitmaschinen und Zaubertränken. Von einem Sprachfehler und einem Transportkreis und mehreren Fledermäusen. Aber“, die Oma schaute ihren Sohn zweifelnd an, „aber du bist ein fünfundvierzigjähriger Bankbeamter, und deine Phantasie war leider schon spärlich, als du noch ein Kind warst. Du würdest das alles nicht verstehen!“
„Wer waren denn die zwei Alten mit den seidenen Wetterflecken?“ fragte Frau Seifertiz. „Die kamen mir so bekannt vor!“
„Das waren Freunde von mir, und jetzt hat die Fragerei ein Ende!“ Die Oma sagte das sehr entschieden. Da gab es keinen Widerspruch.
„Gute Nacht“, sagten Robis Eltern.
„Tschau, bis morgen“, flüsterte Robi der Oma zu.
Als sie schon an der Wohnungstür waren, rief die Oma:
„Den Robi braucht ihr gar nicht zu fragen, was heute geschehen ist. Er wird es euch nämlich nicht erzählen!“
„Gott behüte“, schrie der Vater ins Wohnzimmer

hinein, „ich werde ihn nicht fragen. Solche Sachen will ich lieber gar nicht wissen!“

Die Eltern schwiegen auf dem Heimweg. Ein paarmal öffnete Frau Seifertiz den Mund, so als ob sie etwas sagen wollte. Aber sie machte ihn dann sofort wieder zu und seufzte nur ein wenig. Als sie nach Hause kamen, schlief Ena schon. Robi kroch sofort in sein Bett und machte die Augen zu. Herr Seifertiz nahm drei Schlafpulver, trank drei Krügel Wasser hinterher und legte sich ins Bett und schlief ein.

Nur Frau Seifertiz blieb wach. Sie saß kerzengerade in ihrem Bett und dachte nach.

Als Mitternacht längst vorbei war, saß Frau Seifertiz noch immer kerzengerade im Bett und dachte nach. Mühsam zuerst, später immer leichter, gelang es ihr, sich an gewisse Dinge zu erinnern. Diese seidenen Wetterflecken, dachte sie, die kenne ich doch! Das muß schon lange her sein ... schon sehr lange ... als ich ein Kind war ... im Krieg damals, als niemand Schokolade hatte ... da war doch so eine Frau in so einem Wetterfleck! Die hat immer Himbeerschokolade für mich aus einer kleinen Handtasche gezogen! Und mit dieser Frau ... bin ich doch auch einmal zu einem Felsen gefahren ... und dort war doch ein Mann mit einem seidenen Wetterfleck. Der hat mir meine Rechenaufgaben gemacht. Wie konnte ich denn das alles vergessen! So lange ist das doch noch gar nicht her!

Frau Seifertiz sagte laut zu sich selber: „So etwas zu vergessen! So viel Blödsinn merkt man sich. Da kann man hundert Jahre alt werden und vergißt nicht, daß neunzehn eine Primzahl ist! Und so etwas vergißt man!"

Herr Seifertiz drehte sich schlaftrunken im Bett um: „Primzahlen", murmelte er. „Eins, zwei, drei, fünf, sieben, elf, dreizehn . . ."

„Scht, scht", machte seine Frau. Herr Seifertiz zog sich die Decke über die Ohren und schlief weiter.

Frau Seifertiz legte sich auf den Bauch, vergrub das Gesicht in ihren Polster und dachte: Morgen vormittag, wenn die Kinder in der Schule sind, laß ich meinen Chef allein und nehme mir frei und besuche meine Schwiegermutter. Ich muß sie allerhand fragen. Dann dachte sie noch: Ein großes Glück, daß ich so eine Schwiegermutter habe! Und schlief zufrieden ein.

Servus?
heuer?
Jause?
Kren?
TRAFIK?
Lackl?
Wetterfleck?
AUSTRIAZISMEN

Austriazismen nennt man in Deutschland solche Wörter und Redensarten, die wohl in Österreich (Austria), nicht aber außerhalb seiner Grenzen gebräuchlich sind. Wer nach Österreich reist und wer besonderen Spaß an „Mr. Bats Meisterstück“ haben will, sollte diese Ausdrücke wenigstens schon einmal gehört haben, damit er weiß, um was es geht. Deshalb haben wir ein Abc der Austriazismen aus dieser Geschichte zusammengestellt.

Bedienerin Eine Frau, die andere bedient. Putzfrau sagt ihr oder Stundenfrau, und wenn man es ganz vornehm machen will: Raumpflegerin.

Brioche Ein Gebäck aus einem besonders fettreichen Hefeteig, der auch als „Plunderteig“ in Backbüchern auftaucht. Ein *Briochekipferl* ist ein Hörnchen aus diesem Teig.

Buchteln Sie haben längst die Sprachgrenze übersprungen, weil sie so herrlich schmecken: Hefeklöße, die, mit Butter beträufelt, dicht nebeneinander in einer Form im Ofen gebacken werden. Man ißt sie heiß mit Zimtzucker oder Vanillesauce als Nachtisch oder kalt zu jeder Zeit.

Burschi Darunter leiden die österreichischen Jungen, denn mindestens die Hälfte von ihnen wird nicht mit dem Namen gerufen, sondern nur „Burschi“. Auch noch, wenn das Burschi 50 Jahre alt ist! Die Mädchen haben es nicht besser, sie heißen Mädi, ob 2 oder 70 Jahre alt.

Depp Ungeschickter, einfältiger Mensch.

Deutsch-Professorin Das ist keine Hochschullehrerin, die in der Oberschule aushilft. Professoren und Professorinnen nennt man (auch) die Oberschullehrer.

Eiskasten Der Kasten ist ein Schrank: also ist der Eiskasten ein Eisschrank, wie oft noch der Kühlschrank genannt wird in Erinnerung an die Tatsache, daß man früher tatsächlich Milch und Butter auf Eisblöcken kühl gehalten hat.

Fuhrlohn Damit ist die Geldsumme gemeint, mit der man den Taxifahrer – den Fuhrknecht von einst – bezahlt.

Gabelfrühstück Das zweite Frühstück, das man mit der Gabel ißt. Ein Teller voll Gulasch, das ist ein klassisches Wiener Gabelfrühstück, mit dem man den Appetit aufs Mittagessen anregt.

Gasse Sie ist keine Gasse, sondern eine Straße.

geendelt gekantelt, mit Schlingstichen versäubert.

Geldbörserl Ein Portemonnaie und außerdem das Beispiel einer typischen Verkleinerungsform: das Türl ist das Türchen, das Handerl das Händchen, und wenn ihr Marillenknöderl (Aprikosenknödelchen) ohne Zungenverrenkung aussprechen könnt, seid ihr schon sehr gut.

Geo-Dreieck Ein rechter Winkel oder einfach ein Winkel.

Germteig Germ ist Hefe, und der Germteig ist der meistgemachte und -geliebte Teig in Österreich. Man braucht ihn für Buchteln (siehe dort), Striezerln (Hefebrote), Faschingskrapfen (Berliner Pfannkuchen) und viele andere Mehlspeisen (Nachspeisen).

Grottenbahn Sie steht im Prater, und der Prater ist ein ewiger Jahrmarkt oder Dom. Dort gibt's das Ringelspiel (Karussell), die Zuckerlstände (siehe Seidenzuckerl) und die Grottenbahn, eine Art von Geisterbahn.

Halbinternat Das würde man hier ein Tagesheim nennen, ein Ort, wo die Schulkinder ihr Mittagessen bekommen und arbeiten und spielen können.

heuer in diesem Jahr. Der Heurige ist also der ganz junge Wein.

Himbeerburli Eine ungeheure Beleidigung, denn ein Burli ist zwar ein Bauer, aber ein Himbeerburli ist ursprünglich einer, der nur Himbeeren zu verkaufen hat, heute der Dorftrottel.

Janker Eine Jacke, und Bauernjanker ist eigentlich doppelt gemoppelt, denn die Janker stammen immer aus der dörflichen Kleidertradition.

Jause Davon gibt es auch ein Verb: jausen oder jausnen. Die Jause ist eine Zwischenmahlzeit, eigentlich nur die am Nachmittag, aber man benutzt die Bezeichnung auch für die am Vormittag, zu der man das Jausenbrot ißt, das ihr das Pausenbrot oder Schulbrot nennt.

Kaffeehäferl Ein Häferl ist ein Hafen, eine Tasse oder ein Becher, und ein Kaffeehäferl die Kaffeetasse, wobei man bedenken muß, daß die Tasse in Österreich eine Untertasse oder ein Tablett bedeutet. Die deutsche Tasse heißt dort Schale.

Karotte Gemeint ist die lange schmale Mohrrübe oder Möhre, die man auch hier oft Karotte nennt. Eine Karotte ist aber genaugenommen die kugelige, kurze Mohrrüben-Art.

Kasten siehe Eiskasten. Der Kasten ist ein Schrank, was daran erinnert, daß die Leute früher auch ihre Kleider in Kästen, in Truhen aufbewahrt haben. Als sie reicher wurden, haben sie „Kisten“ und „Kasten“ übereinandergestellt. So entwickelte sich unser Schrank.

Kilo In Österreich rechnet man nicht nach Pfunden, nur nach Deka (10 g) und Kilo (1000 g).

Kleiderhaken Bügel hat man erst dann gebraucht, als man die Zwischenwände der übereinandergestellten Kästen weggelassen und die Kleider – zuerst – an hölzerne Haken gehängt hat. Aus dem Haken wurde ein Bügel, aber der Name blieb.

Kremsersenf Süßlicher Senf aus der Stadt Krems an der Donau, der zu den besten Senfsorten gehört, die es gibt.

Kren Meerrettich, wichtigste Zutat zu Würsteln und gekochtem Rindfleisch, das in Wien ganz besonders gut schmeckt.

Lackel oder Lackl. Ein großer dummer Kerl. Ein Schimpfwort, aber ein ganz freundliches.

Matratzengradl Der feste Baumwollstoff, mit dem Matratzen überzogen sind. Eure Mutter würde Drell dazu sagen.

Nachtmahl Abendbrot oder Abendessen.

Ohrwaschel Das Ohr, aber genauer als hier bezeichnet das Wort den Teil des Ohres, den man sieht und an dem man jemanden ziehen kann: die Ohrmuschel.

Pensionistin Ein weibliches Wesen, das eine Pension bekommt.

Plastiksackerl Ein Sackerl ist eine Tüte. Also ist ein Plastiksackerl eine Plastiktüte. Tüte kann aber auch Stanitzerl heißen.

Polster sogar: der Polster: Ein Kissen, je nachdem: Kopfpolster, Sesselpolster usw.

Pulver Das bekommt man statt Tabletten, und es ist wirklich ein Pulver, das der Herr Magister (Apotheker) zubereitet und in ein Papierbriefchen hineingeschüttet hat. Man faltet das Briefchen dann auf, und wenn man sich das Pulver so in den Mund schüttet, bekommt man immer etwas Pulverstaub in die Nase. Tabletten sind besser!

Salzstangerlmann Er verkauft die Salzstangerln.

schlecken lutschen.

Schuhbänder Schnürsenkel.

Seidenzuckerln Ein Zuckerl ist ein Bonbon, auch eine Praline, und ein Seidenzuckerl ist ein Kissenbonbon, das ganz seidig aussieht.

Servus Kommt von (lat.) servire = dienen, bedeutet „Euer ergebener Diener!“ und ist ein lässiger Gruß unter Freunden und Gleichgestellten. Ältere sagen zu den Kindern „Servus“, also „Grüß dich“, Willkommen und Abschied zugleich. Doch es gilt als unhöflich, wenn Kinder zu Erwachsenen „Servus“ sagen.

Sessel Das ist wieder so etwas Verwirrendes. Also: Ein Sessel ist in Österreich ein Stuhl. Das, was man hier als Sessel bezeichnet, nennt man dort Fauteuil (das ist französisch und heißt Sessel – auf deutsch!). Und was ist gemeint, wenn man dort vom Stuhl spricht? Manchmal ein Schemel, aber dazu sagt man lieber Schamerl oder Stockerl.

Springschnur Springseil.

Spulenstricken Hier als Strickliese-Stricken bekannt.

Staffelrechnung Dazu sagen unsere Lehrer Sachrechenaufgabe.

Stiege Die Treppe: das Stiegenhaus ist also ein Treppenhaus und ein Stiegenaufgang ein Treppenaufgang.

Stockbett Zwei- oder dreistöckiges Bett.

Stoppel Korken oder Pfropfen.

Tiergarten Der Zoo, und zwar – in Wien – der Zoologische Garten in Schönbrunn, der wirklich noch wie ein runder Garten mit ordentlich eingeteilten Beeten (wie Tortenstücke) aussieht. Er war die Freude der Kaiserin Maria Theresia, die mitten zwischen den Tier-Beeten in einem Pavillon Kakao zu trinken pflegte.

Trafik Der Tabakladen, in dem die Trafikanten Zigarren, Zigaretten und Briefmarken verkaufen.

untergekommen vorgekommen.

versperren abschließen.

Vorzimmer Flur.

Waschmuschel Waschbecken.

Wetterfleck Der Fleck, der Flicken, das Stück Loden gegen das Unwetter. Früher hatten nur die Almhirten, die Jäger und die Bauern einen Wetterfleck. Heute gehört er auch zur Stadtmode.

Wuzerl Popel, Knödelchen.

Zopfmasche Eine Masche ist eine Schleife.

Christine Nöstlinger

Konrad

oder
Das Kind aus der Konservenbüchse

Deutscher Jugendbuchpreis
Auswahlliste

Die Frau Bartolotti, eine Frau in den besten Jahren, die keinerlei Erfahrungen mit Kindern hat, bekommt eines Tages auf ungewöhnlichem Weg – nämlich per Postpaket! – einen Sohn: Konrad, das Kind aus der Konservenbüchse, sieben Jahre alt.

In welche aufregenden, lustigen, aber auch unangenehmen Situationen die Frau Bartolotti durch Konrads Anwesenheit gerät und wie sie ihn verteidigt, als sich herausstellt, daß er eine Fehllieferung war, wird mit viel Schwung und Humor erzählt.

Oetinger